2006年在前往阿拉斯加的游轮上，余光中先生及家人留下珍贵合影

（从左至右分别为：余光中、佩珊、范我存、幼珊、珊珊、季珊）

哦！石榴已成熟，这动人的炸裂

每一颗都闪烁着光，闪烁着你的名字

世故的尽头 天真的起点

余光中 著

北京联合出版公司
Beijing United Publishing Co.,Ltd.

图书在版编目（CIP）数据

世故的尽头 天真的起点 / 余光中著 . -- 北京：
北京联合出版公司 , 2019.3
ISBN 978-7-5596-2909-8

Ⅰ. ①世… Ⅱ. ①余… Ⅲ. ①散文集 – 中国 – 当代
Ⅳ. ① I267

中国版本图书馆 CIP 数据核字（2019）第 014340 号

世故的尽头 天真的起点
作　　者：余光中
总 发 行：北京华景时代文化传媒有限公司
策　　划：阿　芒
责任编辑：李　伟
版式设计：张　敏
责任编审：赵　娜

北京联合出版公司出版
（北京市西城区德外大街 83 号楼 9 层 100088）
北京中科印刷有限公司印刷　　新华书店经销
字数 174 千字　　690 毫米 ×980 毫米　　1/16　　15 印张
2019 年 3 月第 1 版　　2019 年 3 月第 1 次印刷
ISBN 978-7-5596-2909-8
定价：48.00 元

诗人与父亲

余珊珊

1993年初，长子出生，父母远道从地球的那一端赶来纽约，在白皑皑的雪景里，迎接家中的第一个外孙。数月之后，父亲写了《抱孙》一诗，让我感而动之的，不仅是他的获孙之喜，还有他在诗中带出我降世的情景：

宛如从前，岛城的古屋
一巷蝉声，半窗树影
就这么抱着，摇着
摇着，抱着
另一个初胎的婴儿，你母亲。

就这样，一个男婴诞生，在我初为人母之际，不仅让我贴身抱住满怀的生之奥妙，也让我品尝了三十五年前，另一对父母所历经的那一片心境。读罢此诗，热泪盈眶之际，我蓦然醒悟，一种看似清淡的关系，背后其实有着怎样的记忆。而一种关系似乎总要和其他的关系相互印证，才能看得清明透彻。

父女数十年的相处，一篇文章怎么说得清！更何况是如此的诗人父亲。而所谓清淡的关系，其实也只是自我赴美求学以后。来美至今已十有三年，而初到堪萨斯州读书，于狂热西方中世纪、文艺复兴、塞尚与毕加索的艺术史之余，只能偶尔在图书馆的中文报刊上与父亲神交一番，但即使这样也是奢侈的。只有在赴美翌年，父母相偕来美，探察在美的三个女儿。去密歇根看了佩珊后，我们即和幼珊四人一车长征从俄勒冈至加州的一号公路。但毕竟两地相隔后，和父母团聚的日子总共不超半年，而和父亲的就更少了。家书总由母亲执笔，报告身边大小事务：而通越洋电话时，也总是母亲接听居多。然而每教我哽咽不能自已的，总是接获父亲手书时。在他那一笔不苟的手迹之后，是平时难以察觉的感情，似乎他的大喜大怒，全浓缩到他的文字之中了。

初识父亲的人，少有不惊讶的。在他浩瀚诗文中显现的魂魄，俨然是一气吞山河、声震天地的七尺之躯。及至眼前，儒雅的外表、含蓄的言行，教人难以置信这五尺刚过的身材后，翻跃着现代文学中的巨风大浪。但他将近一甲子的创作力和想象力，又让人不得不惊诧于那两道粗眉及镜片后，确实闪烁着一代文豪的智慧之光：许多朋友就曾向我表示“你父亲实在不像他的文章！”至少他假想成真的一个女婿就这么认为——我的先生即戏称他为“小巨人”。父亲那种外敛而内溢的个性中，似乎隐藏了一座冰封的火山，仿佛只有在笔端纸面引爆才安全。

然而能和书中的父亲相互印证的一件事，就是父亲坐在方向盘后面时，时常觉得他像披着盔甲冲锋的武士，不然就是开着八缸跑车呼啸来去的选手。这倒不是说父亲开车像台湾那些玩命之徒，而是他手中握的是方向盘而不是笔时，似乎凭借的更是一种本能，呼之即出而不再有束缚。在父亲《高远的联想》《咦呵西部》那几篇文章中，已有最好的描写。而每游欧美，父亲最喜的仍是四轮缩地术的玩法，不只在壮年如此，更老而弥坚，一口气开个七天七夜才痛快。只记得十年前游加州一号公路，那条蜿蜒的滨海之路不但由父亲一手驰骋而过，且是高速当风，当时只觉得在每一转每一弯的刹那，车头几乎都要朝着崖边冲去，只觉心口一阵狂跳，头皮不停发麻。你要问后来呢？那当然是什么事也没有，只是那眼前的胜景，当时全不暇细看。

其实我们四姊妹小时候，父亲在坐镇书房与奔波课堂之余，也常与我们戏耍讲故事。爱伦·坡的恐怖故事在父亲讲来格外悚然。他总挑在晚上，将周围的电灯关掉，在日式老屋阴影暗角的烘托下，再加上父亲对细节不厌其烦的交代、语气声调的掌握、遣词用字的讲究，气氛已够幽魅诡异的了，而讲到高潮，他往往将手电筒往脸上一照，在尖叫声四起时，听者讲者都过足了瘾。他也常在夏夜我们做功课时，屏息站在我们桌前的窗外阴森而笑，等我们不知所以抬头尖叫时，即拊掌大笑。这方面，父亲又似顽童。

1971 年，父亲应美国丹佛寺钟学院之聘而前往教书。那一年是他较为悠闲的一年，远离台北，教职又轻，大大满足了我们对父亲角色的需求。那一年，我十三岁，刚上初中，在离家十分钟车程的一所公立中学注了册。自此，每天早上即由父亲开车送往。在那十分钟之内，我们通常扭开收音机，从披头士、琼·贝兹一直听到鲍勃·迪伦。当时，越战尚未结束，却已接近尾声，不像我们 1966 年经过加州时，满街长发披肩的嬉皮士，大麻随处可闻，我虽只有八岁，却在满眼惊奇中感到某种弥漫人心的气氛。回台北后，父亲力倡摇滚乐，不仅在其动人心弦的节奏，更在其现代诗般的歌词。此后，我却对六七十年代的美国有一种莫名的认同，这实在是因为曾经亲临其境。

西出丹佛城的阳关，回到台北故居后，似乎一切又走上往日的轨道，上学的上学，上班的上班。父亲又开始陷入身兼数职的日子：从教授、诗人、评审、译者、儿子到丈夫，而“父亲”在众人瓜分下，变得只有好几分之一。我常想，一个人要在创作上有所成就，总要在家人和自我间权衡轻重。在父亲数十本的著作后，是他必须关起门来，将自己摒于一切人声电视机车应酬之外，像闭关入定，牺牲无数的“人情”，才能进入自我，进入一切创作的半昏迷状态。父亲写作时，既不一烟在口，也不一杯在手，凭借的全是他异常丰富而活跃的脑细胞。然而追在他身后永无了断的稿债演讲评审开会，也常教父亲咬牙切齿，当桌而捶。有时在全无防范下，他在书房里的惊人一拍，常使我们姊妹的心为之一跳。只听见他在书房中叫道：“永远有做不完的事，永远有找不完的人！”然而他从不当面推辞，宁可骂过之后又为人作序去也。习惯之后，我们也觉得好笑。父亲每天几乎总伏案至深夜一两点，写毕即睡，从没听说他患过失眠，也没见过他晚起。而他的睡姿有如卧倒的立正。仰面朝天、头枕中央，双臂规规矩矩地放在两侧，被角掖在下腭，有如一个四平八稳的对称字。我们姊妹常觉得这实在不可思议，却从来没有问过母亲觉得如何。

父亲在香港中文大学执教的那十多年，我们全家住在大学的宿舍里。宿舍背山面海，每天伴我们入眠的是吐露港上的潋滟、八仙岭下的渔灯，而人间的烟火似乎都远远隐遁在山下了。我们姊妹当时渐近青少年的尾巴，虽仍青涩稚嫩，但在餐桌上有时竟能加入父母的谈话。视父亲书桌上的文稿而定，他的晚餐话题会从王尔德转到苏东坡再到红卫兵，有时竟也征询我们的意见。我记得父亲某些散文的篇名就是我们姊妹一致通过的。我们当时对中外文学都极为倾心，也略涉一二，偶然也提些问题，表示看法，而和父亲不谋而合时，即心中暗喜。与此同时的是访客的精彩有趣，常吸引我如磁石般定坐其间，聆听一席席抛球般的妙喻，或一段段深而博的高论。然而在我如一块海绵，将触角怒伸、感官张开而饱吸之际，隐隐地，几乎自己也无所觉的，是有某种不安、某种焦虑，觉得这种幸福是一张漏网，网不住时间这种细沙，在其无孔不入的刹那，一切将如流星般逝去。

而在我长大成人，远到异国开辟另一片疆土后，常觉从前恍若隔世，眼前既无一景可溯以往，亦无一人能接起少时。不但先生是在新大陆相识的，一双子女更是在新大陆出生的。生命变得有如电影的蒙太奇，跳接得太快太离奇，从一片景色过渡到另一片，从一群相识衔接到另一群时，这之间是如何一环环相连扣的呢？有何必然的脉络、有何永恒的道理可循吗？而在追溯到起点，在极度思念那远方的一事一物而无以聊慰时，我拿起了父亲的诗集。在以前忽略的那一字一行间，我步入了时光的隧道，在扑面而来的潮思海绪里，我不但走过从前的自己，还走入一个伟大的灵魂，一个民族、一个时代的记忆。那是从旧大陆南迁而来的最后一批候鸟，带着史前的记忆，在季风转向而回不去的岛屿，一住就是一辈子。好在，今风势已缓，候鸟不但纷纷探首，亦个别上路，只有一种“少小离家老大回”的惘然。其实，于殷勤回归之际，这片岛屿已成了他们的第二故乡，无论有形的、无形的都已根植在这块土地上，成为照眼的地标。

我在父亲的诗文中，找到这种失魂的呓语，一种移居他乡的无奈。然而在铅字中反映出来的，却渐由无奈而接受而投入，追昔抚今，成为另一种乡愁。而我，我如今不也在新大陆上思念那海岛的人与物、我的童年吗？只不过物换星移，中间差了一代罢了。我仿佛随时可以回去，却又不能真正地回到过去。于是，我有些了然，有些伤痛，又有些释然，像我父亲一样。毕竟，宇宙的定律是不轻易改变的，而血，总是从上游流到下游的。

1998 年夏

山下绿丛中，露出飞檐一角，惊起当年旧梦，泪向心头落。

去吧，但愿你一路平安，桥都坚固，隧道都光明。

CONTENTS
目录

世故的尽头　天真的起点

在生命里从容漫步

从从容容地过日子，看花开花谢、人往人来，并不特别要追求什么，也不被「截止日期」所追迫。

假如我有九条命　/ 002

多看他人，多阅他乡，不但可以认识世界，亦可以认识自己。

我的四个假想敌　/ 006

“喂，告诉你，我姐姐是一个少女了！”

你的耳朵特别名贵？　/ 013

愈是进步的社会，愈是安静。

沙田山居　/ 016

山是禅机深藏的高僧，轻易不开口的。

花　鸟　/ 020

无所不载无所不容的这世界，属于人，也属于花、鸟、虫、鱼。

绣口一开　/ 027

动听的演讲宁短勿长。

朋友四型　/ 030

被选，是一种荣誉，但不一定是一件乐事。

独木桥与双行道　/ 033

一个没有“代差”的社会，必然是死气沉沉、十分闭塞的社会。

一笑人间万事　/ 037

一声豪笑抵得过一万句推理。

第二辑　在时光中畅快漂泊

一片大陆，算不算你的国？一个岛，算不算你的家？一眨眼，算不算少年？一辈子，算不算永远？

逍遥游　/ 042

是的，这是行路难的时代。

九张床　/ 049

一张比一张离你远。一张，比一张荒凉。

木棉之旅　/ 056

当它满枝的红葩一齐烧起，春天所有的眼睛全都亮了。

风吹西班牙　/ 063

上面总是透蓝的天，下面总是炫黄的地。

山国雪乡　/ 075

一入瑞士，就觉得这国家安详而有条理。

海　缘　/ 091

爱海的人，只要有机会，总想与海亲近。

南半球的冬天　/ 112

旭日怎么还不升起？霜的牙齿已经在咬我的耳朵。

与伟大的灵魂对话

你不知道你是谁，你忧郁；
你知道你不是谁，你幻灭；
你知道你是谁了，你放心。

艾略特的时代 / 120

我们所谓的开端常是结尾，而结尾常常只是开一个端。

凡·高的向日葵 / 127

向日葵苦追太阳的壮烈情操，有一种知其不可为而为之的志气。

用伤口唱歌的诗人 / 133

一位诗人的所谓“主观”，仍然要受环境“客观”的影响。

诗的三种读者 / 143

读者赏花。学者摘花。诗人采蜜。

诺贝尔文学奖 / 146

诺贝尔文学奖实在应该视为西洋文学奖，而非世界文学奖。

钞票与文化 / 150

一个国家愿意把什么样的人物放上钞票，正说明那国家崇尚的是什么样的价值。

书斋·书灾 / 156

谁要能把自己的藏书读完，一定会成为大学者。

第四辑

记忆像铁轨一样长

那平行的双轨一路从天边疾射而来，像远方伸来的双手，要把我接去未知；不可久视，久视便受它催眠。

何曾千里共婵娟　/ 164

中秋前夕，善写月色的小说家张爱玲被人发现死于洛杉矶的寓所。

望乡的牧神　/ 168

那年的秋季特别长，我一整夜都浮在一首歌上。

没有邻居的都市　/ 183

并非我背弃了台北，而是台北背弃了我。

寂寞与野蛮　/ 190

文化的体现在于生活。

听听那冷雨　/ 193

一位英雄，经得起多少次雨季？

仲夏夜之噩梦　/ 200

死亡惯于激发并调准我们的回忆。

樵夫的烂柯　/ 213

过去的时间有如冥钞，未来的时间有如定期支票，你只能使用手头的时间。

记忆像铁轨一样长　/ 215

去吧，但愿你一路平安，桥都坚固，隧道都光明。

从从容容地过日子，
看花开花谢、人往人来，
并不特别要追求什么，
也不被「截止日期」所追迫。

在生命里从容漫步

第一辑

DI YI JI

假如
我有九条命

多看他人，多阅他乡，不但可以认识世界，亦可以认识自己。

假如我有九条命，就好了。

一条命，就可以专门应付现实的生活。苦命的丹麦王子说过，既有肉身，就注定要承受与生俱来的千般惊扰。现代人最烦的一件事，莫过于办手续；办手续最烦的一面莫过于填表格。表格愈大愈好填，但要整理和收存，却愈小愈方便。表格是机关发的，当然力求其小，于是申请人得在四根牙签就塞满了的细长格子里，填下自己的地址。许多人的地址都是节外生枝，街外有巷，巷中有弄，门牌还有几号之几，不知怎么填得进去。这时填表人真希望自己是神，能把须弥纳入芥子，或者只要在格中填上两个字"天堂"。一张表填完，又来一张，上面还有密密麻麻的各条说明，必须皱眉细阅。至于照片、印章，以及各种证件的号码，更是缺一不可。于是半条命已去了，剩下的半条勉强可以用来回信和开会，假如你找得到相关的来信，受得了邻座的烟熏。

一条命，有心留在台北的老宅，陪伴父亲和岳母。父亲年逾九十，右眼失明，左眼看不清。他原是最外倾好动的人，喜欢与乡亲契阔谈宴，现在却坐困在半昧不明的寂寞世界里，出不得门，只能追忆冥隔了二十七年的亡妻，怀念分散在外地的子媳和孙女。岳母也已过了八十，五年前断腿至今，步履不再稳便，却能勉力以蹒跚之身，照顾旁边的朦胧之人。她原是我的姨母[1]，家母亡故以来，她便迁来同住，主持失去了主妇之家的琐务，对我的殷殷照拂，情如半母，使我常常感念天无绝人之路，我失去了母亲，神却再补我一个。

一条命，用来做丈夫和爸爸。世界上大概很少全职的丈夫，男人忙于外务，做这件事不过是兼差。女人做妻子，往往却是专职。女人填表，可以自称“主妇”（housewife），却从未见过男人自称“主夫”（househusband）。一个人有好太太，必定是天意，这样的神恩应该细加体会，切勿视为当然。我觉得自己做丈夫比做爸爸要称职一点，原因正是有个好太太。做母亲的既然那么能干又负责，做父亲的也就乐得“垂拱而治”了。所以我家实行的是总理制，我只是合照上那位俨然的元首。四个女儿天各一方，负责通信、打电话的是母亲，做父亲的总是在忙别的事情，只在心底默默怀念着她们。

一条命，用来做朋友。中国的“旧男人”做丈夫虽然只是兼职，但是做起朋友来却是专任。妻子如果成全丈夫，让他仗义疏财，去做一个漂亮的朋友，“江湖人称小孟尝”，便能赢得贤名。这种有友无妻的作风，“新男人”

〔1〕余光中与妻子范我存是远房表兄妹关系。

当然不取。不过新男人也不能遗世独立，不交朋友。要表现得“够朋友”，就得有闲、有钱，才能近悦远来。穷忙的人怎敢放手去交游？我不算太穷，却穷于时间，在“够朋友”上面只敢维持低姿态，大半仅是应战。跟身边的朋友打完消耗战，再无余力和远方的朋友隔海越洲，维持庞大的通信网了。演成近交而不远攻的局面，虽云目光如豆，却也由于鞭长莫及。

一条命，用来读书。世界上的书太多了，古人的书尚未读通三卷两帙，今人的书又汹涌而来，将人淹没。谁要是能把朋友题赠的大著通通读完，在斯文圈里就称得上是圣人了。有人读书，是纵情任性地乱读，只读自己喜欢的书，也能成为名士。有人呢，是苦心孤诣地精读，只读名门正派的书，立志成为通儒。我呢，论狂放不敢做名士，论修养不够做通儒，有点不上不下。要是我不写作，就可以规规矩矩地治学；或者不教书，就可以痛痛快快地读书。假如有一条命专供读书，当然就无所谓了。

书要教得好，也要全力以赴，不能随便。老师考学生，毕竟范围有限，题目有形。学生考老师，往往无限又无形。上课之前要备课，下课之后要阅卷，这一切都还有限。倒是在教室以外和学生闲谈问答之间，更能发挥“人师”之功，在“教”外施“化”。常言“名师出高徒”，未必尽然。老师太有名了，便忙于外务，席不暇暖，怎能即之也温？倒是有一些老师“博学而无所成名”，能经常与学生接触，产生实效。

另一条命应该完全用来写作。台湾的作家极少是专业，大半另有正职。我的正职是教书，幸而所教与所写颇有相通之处，不至于互相排斥。以前在台湾，我日间教英文，夜间写中文，颇能并行不悖。后来在香港，我日间教三十年代文学，夜间写八十年代文学，也可以各行其是。不过艺术是需要全神投入的活动，没有一位兼职然而认真的艺术家不把艺术放在主位。鲁本斯任荷兰驻西班牙大使，每天下午在御花园里作画。一位侍臣在园中走过，说道："哟，外交家有时也画几张画消遣呢。"鲁本斯答道："错了，艺术家有时为了消遣，也办点外交。"陆游诗云："看渠胸次隘宇宙，惜哉千万不一施。空回英概入笔墨，生民清庙非唐诗。向令天开太宗业，马周遇合非公谁？后世但作诗人看，使我抚几空嗟咨。"陆游认为杜甫之才应立功，而不应仅仅立言，看法和鲁本斯正好相反。我赞成鲁本斯的看法，认为立言已足自豪。鲁本斯所以传后，是由于他的艺术，不是他的外交。

一条命，专门用来旅行。我认为没有人不喜欢到处去看看：多看他人，多阅他乡，不但可以认识世界，亦可以认识自己。有人旅行是乘豪华邮轮，谢灵运再世大概也会如此。有人背负行囊，翻山越岭。有人骑自行车环游天下。这些都令我羡慕。我所优为的，却是驾车长征，去看天涯海角。我的太太比我更爱旅行，所以夫妻两人正好互做旅伴，这一点只怕徐霞客也要艳羡。不过，徐霞客是大旅行家、大探险家，我们只是浅游而已。

最后还剩一条命，用来从从容容地过日子，看花开花谢、人往人来，并不特别要追求什么，也不被"截止日期"所追迫。

——1985 年 7 月 7 日《联合副刊》

我的
四个假想敌

“喂，告诉你，我姐姐是一个少女了！”

二女幼珊在港参加侨生联考，以第一志愿分发台大外文系。听到这消息，我松了一口气，从此不必担心四个女儿通通嫁给广东男孩了。

我对广东男孩当然并无偏见，在港六年，我班上也有好些可爱的广东少年，颇讨老师的欢心，但是要我把四个女儿全都让那些“靓仔”“叻仔”掳掠了去，却舍不得。不过，女儿要嫁谁，说得洒脱些，是她们的自由意志，说得玄妙些呢，是因缘，做父亲的又何必患得患失呢？何况在这件事上，做母亲的往往位居要冲，自然而然成了女儿的亲密顾问，甚至亲密战友，作战的对象不是男友，却是父亲。等到做父亲的惊醒过来，早已腹背受敌，难挽大势了。

在父亲的眼里，女儿最可爱的时候是在十岁以前，因为那时她完全属于自己。在男友的眼里，她最可爱的时候却在十七岁以后，因为这时她正像毕业班的学生，已经一心向外了。父亲和男友，先天上就有矛盾。对父亲来说，世界上没有东西比稚龄的女儿更完美的了，唯一的缺点就是会长大，除非你用急冻术把她久藏，不过这恐怕是违法的，而且她的男友迟早会骑了骏马或摩托车来，把她吻醒。

我未用太空舱的冻眠术，一任时光催迫，日月轮转，再揉眼时，怎么四个女儿都已依次长大，昔日的童话之门砰地一关，再也回不去了。四个女儿，依次是珊珊、幼珊、佩珊、季珊。简直可以排成一条珊瑚礁。珊珊十二岁的那年，有一次，未满九岁的佩珊忽然对来访的客人说："喂，告诉你，我姐姐是一个少女了！"在座的大人全笑了起来。

曾几何时，惹笑的佩珊自己，甚至最幼稚的季珊，也都在时光的魔杖下，点化成"少女"了。冥冥之中，有四个"少男"正偷偷袭来，虽然蹑手蹑足，屏声止息，我却感到背后有四双眼睛，像所有的坏男孩那样，目光灼灼，心存不轨，只等时机一到，便会站到亮处，装出伪善的笑容，叫我岳父。我当然不会应他。哪有这么容易的事！我像一棵果树，天长地久在这里立了多年，风霜雨露，样样有份，换来果实累累，不胜负荷。而你，偶尔过路的小子，竟然一伸手就来摘果子，活该蟠地的树根绊你一跤！

而最可恼的，却是树上的果子，竟有自动落入行人手中的样子。树怪行人不该擅自来摘果子，行人却说是果子刚好掉下来，给他接着罢了。这种事，总是里应外合才成功的。当初我自己结婚，不也是有一位少女开门揖盗吗？"堡垒最容易从内部攻破"，说得真是不错。不过彼一时也，此一时也。同一个人，过街时讨厌汽车，开车时却讨厌行人。现在是轮到我来开车。

好多年来，我已经习于和五个女人为伍，浴室里弥漫着香皂和香水气味，沙发上散置皮包和发卷，餐桌上没有人和我争酒，都是天经地义的事。戏称吾庐为“女生宿舍”，也已经很久了。做了“女生宿舍”的舍监，自然不欢迎陌生的男客，尤其是别有用心的一类。但是自己辖下的女生，尤其是前面的三位，已有“不稳”的现象，却令我想起叶芝的一句诗：

一切已崩溃，失去重心。

我的四个假想敌，不论是高是矮，是胖是瘦，是学医还是学文，迟早会从我疑惧的迷雾里显出原形，一一走上前来，或迂回曲折，嗫嚅其词，或开门见山，大言不惭，总之要把他的情人，也就是我的女儿，对不起，从此领去。无形的敌人最可怕，何况我在亮处，他在暗里，又有我家的“内奸”接应，真是防不胜防。只怪当初没有把四个女儿及时冷藏，使时间不能拐骗，社会也无由污染。现在她们都已大了，回不了头；我那四个假想敌，那四个鬼鬼祟祟的地下工作者，也都已羽毛丰满，什么力量都阻止不了他们了。先下手为强，这件事，该乘那四个假想敌还在襁褓的时候，就予以解决的。至少美国诗人纳什（Ogden Nash，1902—1971）劝我们如此。他在一首妙诗《由女婴之父来唱的歌》（*Song to Be Sung by the Father of Infant Female Children*）之中，说他生了女儿吉儿之后，惴惴不安，感到不知什么地方正有个男婴也在长大，现在虽然还浑浑噩噩，口吐白沫，却注定将来会抢走他的吉儿。于是做父亲的每次在公园里看见婴儿车中的男婴，都不由得神色一变，暗暗想道：“会不会是这家伙？”想着想着，他“杀机陡萌”（My dreams，I fear，are infanticiddle），便要解开那男婴身上的别针，朝他的爽身粉里撒胡椒粉，把盐撒进他的奶瓶，把沙撒进他的菠菜汁，再扔头优游的鳄鱼到他的婴儿车里陪他游戏，逼他在水深火热之中挣扎而去，去娶别人的女儿。足见诗人以未来的女婿为假想敌，早已有了前例。

不过一切都太迟了。当初没有当机立断，采取非常措施，像纳什诗中所说的那样，真是一大失策。如今的局面，套一句史书上常见的话，已经是“寇入深矣！”女儿的墙上和书桌的玻璃垫下，以前的海报和剪报之类，还是披头士、贝兹、大卫·卡西迪的形象，现在纷纷都换上男友了。至少，滩头阵地已经被入侵的军队占领了去，这一仗是必败的了。记得我们小时，这一类的照片仍被列为机密要件，不是藏在枕头套里，贴着梦境，便是夹在书堆深处，偶尔翻出来神往一番，哪有这么二十四小时眼前供奉的？

这一批形迹可疑的假想敌，究竟是哪年哪月开始入侵厦门街余宅的，已经不可考了。只记得六年前迁港之后，攻城的军事便换了一批口操粤语的少年来接手。至于交战的细节，就得问名义上是守城的那几个女将，我这位“昏君”是再也搞不清的了。只知道敌方的炮火，起先是瞄准我家的信箱，那些歪歪斜斜的笔迹，久了也能猜个七分；继而是集中在我家的电话，“落弹点”就在我书桌的背后，我的文苑就是他们的沙场，一夜之间，总有十几次脑震荡。那些粤音平上去入，有九声之多，也令我难以研判敌情。现在我带幼珊回了厦门街，那头的广东部队轮到我太太去抵挡，我在这头，只要留意台湾健儿，任务就轻松多了。

信箱被袭，只如战争的默片，还不打紧。其实我宁可多情的少年勤写情书，那样至少可以练习作文，不致在视听教育的时代荒废了中文。可怕的还是电话中弹，那一串串警告的铃声，把战场从门外的信箱扩至书房的腹地，默片变成了立体声，假想敌在实弹射击了。更可怕的，却是假想敌真的闯进了城来，成了有血有肉的真敌人，不再是假想了好玩的了，就像军事演习到中途，忽然真的打起来了一样。真敌人是看得出来的。在某一女儿的接应之下，他占领了沙发的一角，从此两人呢喃细语，嗫嚅密谈，即使脉脉相对的时候，那气氛也浓得化不开，窒得全家人都透不过气来。这时几个姐妹早已回避得远远的了，任谁都看得出情况有异，万一敌人留下来吃饭，那空气就更为紧张，好像摆好姿势，面对照相机一般，平时鸭塘一般的餐桌，四姐妹这时像在演哑剧，连筷子和调羹都似乎得到了消息，忽然小心翼翼起来。明知这僭越的小子未必就是真命女婿（谁晓得宝贝女儿现在是十八变中的第几变呢？），心里却不由自主生起一股淡淡的敌意。也明知女儿正如将熟之瓜，终有一天会蒂落而去，却希望不是随眼前这自负的小子。

当然，四个女儿也自有不乖的时候，在恼怒的心情下，我就恨不得四个假想敌赶快出现，把她们统统带走。但是那一天真要来到时，我一定又会懊悔不已。我能够想象，人生的两大寂寞，一是退休之日，一是最小的孩子终于也结婚之后。宋淇有一天对我说："真羡慕你的女儿全在身边！"真的吗？至少目前我并不觉得自己有什么可羡之处。也许真要等到最小的季珊也跟着假想敌度蜜月去了，才会和我存并坐在空空的长沙发上，翻阅她们小时相簿，追忆从前，六人一车长途壮游的盛况，或是晚餐桌上，热气蒸腾，大家共享的灿烂灯光。人生有许多事情，正如船后的波纹，总要过后才觉得美的。这么一想，又希望那四个假想敌，那四个生手笨脚的小伙子，还是多吃几口闭门羹，慢一点出现吧。

袁枚写诗，把生女儿说成"情疑中副车"，这书袋掉得很有意思，却也流露了重男轻女的封建意识。照袁枚的说法，我是连中了四次副车，命中率够高的了。余宅的四个小女孩现在变成了四个小妇人，在假想敌环伺之下，若问我择婿有何条件，恐怕一时倒答不上来。沉吟半晌，我也许会说："这件事情，上有月下老人的婚姻谱，谁也不能窜改，包括韦固，下有两个海誓山盟的情人，'二人同心，其利断金'，我凭什么要逆天拂人，梗在中间？何况终身大事，神秘莫测，事先无法推理，事后不能悔棋，就算交给二十一世纪的电脑，恐怕也算不出什么或然率来。倒不如故示慷慨，伪作轻松，博一个开明父亲的美名，到时候带颗私章，去做主婚人就是了。"

问的人笑了起来，指着我说："什么叫作'伪作轻松'？可见你心里并不轻松。"

我当然不很轻松，否则就不是她们的父亲了。例如人种的问题，就很令人烦恼。万一女儿发痴，爱上一个耸肩摊手口香糖嚼个不停的小怪人，该怎么办呢？在理性上，我愿意"有婿无类"，做一个大大方方的世界公民。但是在感情上，还没有大方到让一个臂毛如猿的小伙子把我的女儿抱过门槛。现在当然不再是"严夷夏之防"的时代，但是一任单纯的家庭扩充成一个小型的联合国，也大可不必。问的人又笑了，问我可曾听说混血儿的聪明超乎常人。我说："听过，但是我不稀罕抱一个天才的'混血孙'。我不要一个天才儿童叫我 Grandpa，我要他叫我外公。"问的人不肯罢休："那么省籍呢？"

"省籍无所谓，"我说，"我就是苏闽联姻的结果，还不坏吧？当初我母亲从福建写信回武进，说当地有人向她求婚。娘家大惊小怪，说'那么远！怎么就嫁给南蛮！'后来娘家发现，除了言语不通之外，这位闽南姑爷并无可疑之处。这几年，广东男孩锲而不舍，对我家的压力很大，有一天闽粤结成了秦晋，我也不会感到意外。如果有个台湾少年特别巴结我，其志又不在跟我谈文论诗，我也不会怎么为难他的。至于其他各省，从黑龙江直到云南，口操各种方言的少年，只要我女儿不嫌他，我自然也欢迎。”

“那么学识呢？”

“学什么都可以。也不一定要是学者，学者往往不是好女婿，更不是好丈夫。只有一点：中文必须精通。中文不通，将祸延吾孙！”

客又笑了。“相貌重不重要？”他再问。

“你真是迂阔之至！”这次轮到我发笑了，“这种事，我女儿自己会注意，怎么会要我来操心？”

笨客还想问下去，忽然门铃响起。我起身去开大门，发现长发乱处，又一个假想敌来掠余宅。

1980 年 9 月于厦门街

你的
耳朵特别名贵？

愈是进步的社会，愈是安静。

七等生的短篇小说《余索式怪诞》写一位青年放假回家，正想好好看书，对面天寿堂汉药店办喜事，却不断播放惑人的音乐。余索走到店里，要求他们把声浪放低，对方却以一人之自由不得干犯他人之自由为借口加以拒绝。于是余索成了不可理喻的怪人，只好落荒而逃，遁于山间。不料他落脚的寺庙竟也用扩音器播放如怨如诉的佛乐，而隔室的男女又猜拳嬉闹。余索忍无可忍，唯有走入黑暗的树林。

我对这位青年不但同情，简直认同，当然不是因为我也姓余，而是因为我也深知噪音害人于无形，有时甚于刀枪。噪音，是听觉的污染，是耳朵吃进去的毒药。叔本华一生为噪音所苦，并举歌德、康德、利希滕贝格等人的传记为例，指出凡伟大的作家莫不饱受噪音折磨。其实不独作家如此，一切需要思索，甚至仅仅需要休息或放松的人，皆应享有宁静的权利。有一种似是而非的论调，认为好静乃听觉上的“洁癖”，知识分子和有闲阶级的“富贵病”。在这种谬见的笼罩之下，噪音的受害者如果向“音源”抗议，或者向第三者，例如警察吧，去申冤投诉，一定无人理会。“人家听得，你听不得？你的耳朵特别名贵？”是习见的反应。所以制造噪音乃社会之常态，而干涉噪音却是个人之变态，反而破坏了邻里的和谐，像余索一样，将不见容于街坊。诗人考珀（William Cowper）说得好：

吵闹的人总是理直气壮。

其实，不是知识分子难道就不怕吵吗？《水浒传》里的鲁智深总是大英雄了吧，却也听不得垂杨树顶群鸦的聒噪，在众泼皮的簇拥之下，一发狠，竟把垂杨连根拔起。

叔本华在一百多年前已经这么畏惧噪音，我们比他“进化”了这么多年，噪音的势力当然是强大得多了。七等生的《余索式怪诞》刊于 1975 年，可见那时的余索已经无所逃于天地之间。十年以来，我们的听觉空间只有更加脏乱。无论我怎么爱台湾，我都不能不承认台北已成为噪音之城，好发噪音的人在其中几乎享有无限的自由。人声固然百无禁忌，狗声也是百家争鸣：狗主不仁，以左邻右舍为刍狗。至于机器的噪音，更是横行无阻。最大的凶手是扩音器，商店用来播音乐，小贩用来沿街叫卖，广告车用来流动宣传，寺庙用来诵经唱偈，人家用来办婚丧喜事，于是一切噪音都变本加厉，扩大了杀伤的战果。四年前某夜，我在台北家中读书，忽闻异声大作，竟是办丧事的呕哑哭腔，经过扩音器的“现代化”，声浪汹涌淹来，浸灌吞吐于天地之间，只觉其凄厉可怕，不觉其悲哀可怜。就这么肆无忌惮地闹到半夜，我和女儿分别打电话向警局投诉，照例是没有结果。

噪音害人，有两个层次。人叫狗吠，到底还是以血肉之躯摇舌鼓肺制造出来的“原音”，无论怎么吵人，总还有个极限，在不公平之中仍不失其为公平。但是用机器来吵人，管它是收音机、电视机、唱机、扩音器，或是工厂开工，电单车发动，却是以逸待劳、以物役人的按钮战争，太残酷、太不公平了。

早在两百七十年前，散文家斯蒂尔（Richard Steele）就说过：“要闭起耳朵，远不如闭起眼睛那么容易，这件事我常感遗憾。”上帝第六天才造人，显已江郎才尽。我们不想看丑景，闭目便可，但要不听噪音，无论怎么掩耳、塞耳，都不清静。更有一点差异：光，像棋中之车，只能直走；声，却像棋中之炮，可以飞越障碍而来。我们注定了要饱受噪音的迫害。台湾的人口密度太大，生活的空间相对缩小。大家挤在牛角尖里，人手里都有好几架可发噪音的机器，不，武器，如果不及早立法管制，认真取缔，未来的听觉污染势必造成一个半聋的社会。

每次我回到台北，都相当地“近乡情怯”，怯于重投噪音的天罗地网，怯于一上了计程车，就有个音响喇叭对准了我的耳根。香港地区的计程车里安静得多了。英国和德国的计程车里根本不播音乐。香港地区的公共场所对噪音的管制比台北严格得多，一般的商场都不播音乐，或把音量调到极低，也从未听到谁用扩音器叫卖或竞选。

愈是进步的社会，愈是安静。滥用扩音器逼人听噪音的社会，不是落后，便是集权。曾有人说，一出台湾岛，耳朵便放假。这实在是一句沉痛的话，值得我们这个把热闹当作繁荣的社会好好自省。

——1985 年 5 月 19 日《联合副刊》

沙田山居

山是禅机深藏的高僧，轻易不开口的。

书斋外面是阳台，阳台外面是海、是山，海是碧湛湛的一弯，山是青郁郁的连环。山外有山，最远的翠微淡成一袅青烟，忽焉似有，再顾若无，那便是大陆的莽莽苍苍了。日月闲闲，有的是时间与空间。一览不尽的青山绿水，马远夏圭的长幅横批，任风吹，任鹰飞，任渺渺之目舒展来回，而我在其中俯仰天地，呼吸晨昏，竟已有十八个月了。十八个月，也就是说，重九的陶菊已经两开，中秋的苏月已经圆过两次了。

海天相对，中间是山，即使是秋晴的日子，透明的蓝光里，也还有一层轻轻的海气，疑幻疑真，像开着一面玄奥的迷镜，照镜的不是人，是神。海与山绸缪在一起，分不出，是海侵入了山间，还是山诱俘了海水，只见海把山围成一角角的半岛，山呢，把海围成了一汪汪的海湾。山色如环，困不住浩渺的南海，毕竟在东北方缺了一口，放樯桅出去，风帆进来。最是晴艳的下午，八仙岭下，一艘白色渡轮，迎着酣美的斜阳悠悠向大埔驶去，整个吐露港平铺着千顷的碧蓝，就为了反衬那一影耀眼的洁白。起风的日子，海吹成了千亩蓝田，无数的百合此开彼落。到了夜深，所有的山影黑沉沉都睡去，远远近近、零零落落的灯全睡去，只留下一阵阵的潮声起伏，永恒的鼾息，撼人的节奏撼我的心血来潮。有时十几盏渔火赫然，浮现在阒黑的海面，排成一弯弧形，把渔网愈收愈小，围成一丛灿灿的金莲。

海围着山，山围着我。沙田山居，峰回路转，我的朝朝暮暮，日起日落，月望月朔，全在此中度过，我成了山人。问余何事栖碧山，笑而不答，山已经代我答了。其实山并未回答，是鸟代山答了，是虫、是松风代山答了。山是禅机深藏的高僧，轻易不开口的。人在楼上倚栏杆，山列坐在四面如十八尊罗汉叠罗汉，相看两不厌。早晨，我攀上佛头去看日出，黄昏，从联合书院的文学院一路走回来，家，在半山腰上等我，那地势，比佛肩要低，却比佛肚子要高些。这时，山什么也不说，只是争噪的鸟雀泄露了他愉悦的心境。等到众鸟栖定，山影茫然，天籁便低沉下去，若断若续，树间的歌者才歇下，草间的吟哦又四起。至于山坳下面那小小的幽谷，形式和地位都相当于佛的肚脐，深凹之中别有一番谐趣。山谷是一个爱音乐的村女，最喜欢学舌拟声，可惜太害羞，技巧不是很高明。无论是鸟鸣犬吠，或是火车在谷口扬笛路过，她都要学叫一声，落后半拍，应人的尾音。

从我的楼上望出去，马鞍山奇拔而峭峻，屏于东方，使朝暾姗姗来迟。鹿山巍然而逼近，魁梧的肩膂遮去了半壁西天，催黄昏早半小时来临，一个分神，夕阳便落进他的僧袖里去了。一炉晚霞，黄铜烧成赤金又化作紫灰与青烟，壮哉崦嵫的神话，太阳的葬礼。阳台上，坐看晚景变幻成夜色，似乎很缓慢，又似乎非常敏捷，才觉霞光烘颊，余曛在树，忽然变生咫尺，眈眈的黑影已伸及你的肘腋，夜，早从你背后袭来。那过程，是一种绝妙的障眼法，非眼睫所能守望的。等到夜色四合，黑暗已成定局，四围的山影，重甸甸阴森森的，令人肃然而恐。尤其是西屏的鹿山，白天还如佛如僧，蔼然可亲，这时竟收起法相，庞然而踞，黑毛茸蒙如一尊暗中伺人的怪兽，隐然，有一种潜伏的不安。

千山磅礴的来势如压，谁敢相撼？但是云烟一起，庄重的山态便改了。雾来的日子，山变成一座座的列屿，在白烟的横波回澜里，载浮载沉。八仙岭果真化作了过海的八仙，时在波上，时在弥漫的云间。有一天早晨，举目一望，八仙、马鞍和远远近近的大小众峰，全不见了，偶尔云开一线，当头的鹿山似从天隙中隐隐相窥，去大埔的车辆出没在半空。我的阳台脱离了一切，下临无地，在汹涌的白涛上自由来去。谷中的鸡犬从云下传来，从复远的人间。我走去更高处的联合书院上课，满地白云，师生衣袂飘然，都成了神仙。我登上讲坛说道，烟云都穿窗探首来旁听。

起风的日子，一切云云雾雾的朦胧氤氲全被拭净，水光山色，纤毫悉在镜里。原来对岸的八仙岭下，历历可数，有着许多山村野店、水浒人家。半岛的天气一日数变，风骤然而来，从海口长驱直入，脚下的山谷顿成风箱，抽不尽满壑的咆哮翻腾，蹂躏着罗汉松与芦草，掀翻海水，吐着白浪。风是一群透明的猛兽，奔踹而来，呼啸而去。

海潮与风声，即使撼天震地，也不过为无边的静加注荒情与野趣罢了。最令人心动而神往的，却是人为的骚音。从清早到午夜，一天四十多班，在山和海之间，敲轨而来，鸣笛而去的，是九广铁路的客车、货车、猪车。曳着黑烟的飘发，蟠蜿着十三节车厢的修长之躯，这些工业时代的元老级交通工具，仍有旧世界迷人的情调，非协和的超音速飞机所能比拟。山下的铁轨向北延伸，延伸着我的心弦。我的中枢神经，一日四十多次，任南下又北上的千只铁轮轮番敲打，用钢铁火花的壮烈节奏提醒我，藏在谷底的并不是洞里桃源，住在山上，我亦非桓景，即使王粲，也不能不下楼去：

栏杆三面压人眉睫是青山
碧螺黛迤逦的边愁欲连环
叠嶂之后是重峦，一层淡似一层
湘云之后是楚烟，山长水远
五千载与八万万，全在那里面……

花　鸟

无所不载无所不容的这世界，属于人，也属于花、鸟、虫、鱼。

客厅的落地长窗外，是一方不能算小的阳台，黑漆的栏杆之间，隐约可见谷底的小村，人烟暧暧。当初发明阳台的人，一定是一位乐观外向的天才，才会突破家居的局限，把一个幻想的半岛推向户外，向山和海，向半空晚霞和一夜星斗。

阳台而无花，犹之墙壁而无画，多么空虚。所以一盆盆的花，便从下面那世界搬了上来。也不知什么时候起，栏杆三面竟已偎满了花盆，但这种美丽的移民一点也没有计划，欧阳修所谓的“浅深红白宜相间，先后仍须次第栽”，是完全谈不上的。这么十几盆盆栽，有的是初来此地，不畏辛劳，挤三等火车抱回来的；有的是同事离开中大的遗爱；也有的，是买了车后供在后座带回来的。无论是什么来历，我们都一般看待。花神的孩子，名号不同，容颜各异，但迎风招展的神态都是动人的。

朝西一隅，是茎藤四延和栏杆已绸缪难解的紫藤，开的是一串串粉白带浅紫的花朵。右边是一盆桂苗，高只近尺，开花时竟也有高洁清雅的异香，随风漾来。近邻是两盆茉莉和一盆玉兰。这两种香草虽不得列于《离骚》狂吟的芳谱，它们细腻而幽邃的远芬，却是我无力抵抗的。开窗的夏夜，它们的体香回泛在空中，一直远飘来书房里，嗅得人神摇摇而意惚惚，不能久安于座，总忍不住要推纱门出去，亲近亲近。比较起来，玉兰修长的白瓣香得温醇些，茉莉的丛蕊似更醉鼻餍心，总之都太迷人。

再过去是两盆海棠。浅红色的花，油绿色的叶，相配之下，别有一种民俗画的色调，最富中国韵味，而秋海棠叶的象征，从小已印在心头。其旁还有一盆铁海棠，虬蔓郁结的刺茎上，开出四瓣对称的深红小花。此花生命力最强，暴风雨后，只有它屹立不摇，颜色不改。再向右依次是绣球花、蟹爪兰、昙花、杜鹃。蟹爪兰花色洋红而神态凌厉，有张牙奋爪作势攫人之意，简直是一只花魇，令我不敢亲近。昙花已经绽过三次，一次还是双葩对开，真是吉夕素仙。夏秋之间，一夕盛放，皎白的千层长瓣，眼看它恣纵迅疾地展开，幽幽地吐出粉黄娇嫩的簇蕊，却像一切奇迹那样，在目迷神眩的异光中，甫启即闭了。一年含蓄，只为一夕的挥霍，大概是芳族之中最羞涩最自谦最没有发表欲的一姝了。

在这些空中半岛，啊不，空中花园之上，我是两位园丁之一，专掌浇水，每日夕阳沉山，便在晚霞的浮光里，提一把白柄蓝身的喷水壶，向众芳施水。另一位园丁当然是阳台的女主人，专司杀虫施肥，修剪枝叶，翻掘盆土。有时蓓蕾新发，野雀常来偷食，我就攘臂冲出去，大声驱逐。而高台多悲风，脚下那山谷只敞对海湾，海风一起，便成了老子所谓“虚而不屈，动而愈出”的一具风箱。于是便轮到我一盆盆搬进屋来。寒流来袭，亦复如此。女园丁笑我是陶侃运甓。美，也是有代价的。

无风的晴日，盆花之间常依偎一只白漆的鸟笼。里面的客人是一只灰翼蓝身的小鹦鹉，我为它取名蓝宝宝。走近去看，才发现翅膀不是全灰，而是灰中间白，并带一点点蓝。颈背上是一圈圈的灰纹，两翼的灰纹则弧形相掩，饰以白边，状如鱼鳞。翼尖交叠的下面，伸出修长几近半身的尾巴，毛色深孔雀蓝，常在笼栏边拂来拂去。身体的细毛蓝得很轻浅，很飘逸。胸前有一片白羽，上覆浑圆的小蓝点，点数经常在变，少则两点，长全时多至六点，排成弧形，像一条项链。

蓝宝宝的可爱，不只外貌的娇美。如果你有耐性，多跟它做一会伴，就会发现它的语言天才。它参加我们的生活成为最受宠爱的“小家人”才半年，韩惟全由美国去香港地区旅游，在我们家小住数日，首先发现它在牙牙学语，学我们的人语。起先我们不信，以为它时发时歇的咿唔唼喋，不过是禽类的哓哓自语，无意识的饶舌罢了。经惟全一提醒，蓝宝宝的断续鸟语，在侧耳细听之下，居然有点人话的意思。只是有时嗫嚅吞吐，似是而非，加以人腔鸟调，句读含混不清，那意境在人禽之间，恐怕连公冶长再世，也难以体会，更无论圣芳济各了。

幸运的时候，蓝宝宝会吐出三两个短句：“小鸟过来”“干什么”“知道了”“臭鸟不乖”，还有节奏起伏的“小鸟小鸟小小鸟”。小小曲喙的发音设备，毕竟和人嘴不可“同日而语”，所以人语的唇音、齿音等等，蓝宝宝虽有娓娓巧舌，仍是模拟难工的。听说要小鹦鹉认真学话，得先施以剪舌的手术，剪了之后就不会那么“大舌头”了。此举是否见效，我不知道，但为了推行人语而违反人道，太无聊也太残忍了，我是绝对不肯的。无所不载无所不容的这世界，属于人，也属于花、鸟、虫、鱼；人类之间，禁止别人发言或强迫人人千口一词，也就够威武的了，又何必向禽兽去行人政呢？因此，盆中的铁海棠，女园丁和我都任其自然，不加扭曲，而蓝宝宝呢，会讲几句人话，固然能取悦于人，满足主人的虚荣心，我们也任其自由发展，从不刻意去教它。写到这里，又听见蓝宝宝在阳台上叫了。不过这一次它是和外面的野雀呼应酬答，是在鸟语。

那样的啁啾，该是羽类的世界语吧。而无论蓝宝宝是在阳台上或是屋里，只要左近传来鸠呼或雀噪，它一定脆音相应，一逗一答，一呼一和，旁听起来十分有趣。或许在飞禽的世界里，也像人世一样，南腔北调，有各种复杂的方言，可惜我们莫能分辨，只好一概称为鸟语。

平时说到鸟语，总不免想起“生生燕语明如翦，呖呖莺歌溜的圆”之类的婉婉好音，绝少想到鸟语之中，也有极其可怖的一类。后来参观底特律的大动物园，进入了笼高树密的鸟苑，绿重翠叠的阴影里，一时不见高栖的众禽，只听到四周怪笑吃吃，惊叹咄咄，厉呼磔磔，盈耳不知究竟有多少巫师隐身在幽处施法念咒，真是听觉上最骇人的一次经验。看过希区柯克的惊悚片《群鸟》，大家惊疑之余，都说真想不到鸟类会有这么“邪恶”。其实人类君临这个世界，品尝珍馐，饕餮万物，把一切都视为当然，却忘了自己经常捕囚或烹食鸟类的种种罪行有多么残忍了。兀鹰食人，毕竟先等人自毙；人食乳鸽，却是一笼一笼地蓄意谋杀。

想到此，蓝光一闪，一片青云飘在我的肩上，原来是有人把蓝宝宝放出来了。每次出笼，它一定振翅疾飞，在屋里回翔一圈，然后栖在我肩头或腕际。我的耳边、颈背、颊下，是它最爱来依偎探访的地方。最温驯的时候，它会憩在人的手背，低下头来，用小喙亲吻人的手指，一动也不动地，讨人欢喜。有时它更会从嘴里吐出一粒“雀粟”来，邀你共享，据说这是它表示友谊的亲切举动，但你尽可放心，它不会强人所难的，不一会儿，它又径自啄回去了。有时它也会轻咬你的手指头，并露出它可笑的花舌头。兴奋起来，它还会不断地向你磕头，颈毛松开，瞳仁缩小，嘴里更是呢呢喃喃，不知所云。不过所谓“小鸟依人”，只是片面的，只许它来亲人，不许你去抚它。你才一伸手，它立刻回过身来面对着你，注意你的一举一动，不然便是蓝羽一张，早已飞之冥冥。

不少朋友在我的客厅里，常因这一闪蓝云的猝然降临而大吃一惊。女作家心岱便是其中的一位。说时迟那时快，蓝宝宝华丽的翅膀一收，已经栖在她手腕上了。心岱惊神未定，只好强自镇静，听我们向她夸耀小鸟的种种。后来她回到台北，还在《联合副刊》发表《蓝宝》一文，以记其事。

我发现，许多朋友都不知道养一只小鹦鹉有多么有趣，又多么简单。小鹦鹉的身价，就它带给主人的乐趣说来，是非常便宜的。在台湾地区，每只售六七十元，在香港地区只要港币六元，美国的超级市场里也常有出售，每只不过五六美元。在丹佛时，我先后养过四只，其中黄底灰纹的一只毛色特别娇嫩，算是珍品，则是花十五美元买来的。买小鹦鹉时，要注意两件事情。年龄要看额头和鼻端，额上黑纹愈密，鼻上色泽愈紫，则愈幼小，要买，当然要初生的稚鹦，才容易和你亲近。至于健康呢，则要翻过身来看它的肛门，周围的细白绒毛要干，才显得消化良好。小鹦鹉最怕泻肚子，一泻就糟。

此外的投资，无非一只鸟笼、两枝栖木、一片鱼骨和极其迷你的水缸粟钵而已。鱼骨的用途，是供它啄食，以吸取充分的钙质。那么小的肚子，耗费的粟量当然有限，再穷的主人也供得起的。有时为了调剂，不妨喂一点青菜和果皮，让它啄三五口，也就够了。熟了以后，可以放出笼来，任它自由飞憩，不过门窗要小心关好，否则它爱向亮处飞，极易夺门而去。我养过的近十只小鹦鹉之中，有两只就是这么无端飞掉的。有了这种伤心的教训，我只在晚上才敢把鸟放出笼来。

小鸟依人，也会缠人，过分亲狎之后，也有烦恼的。你吃苹果，它便飞来奇袭，与人争食。你特别削一小片喂它，它只浅尝三两口，仍纵回你的口边，定要和你分享大块。你看报，它便来嚼食纸边，吃得津津有味。你写字呢，它便停在纸上，研究你写些什么，甚至以为笔尖来回挥动是在逗它玩乐，便来追咬你的笔尖。要赶它回笼，可不容易。如果它玩得还未尽兴，则无论你如何好言劝诱或恶声威胁，都不能使它俯首归心。最后只有关灯的一招，在黑暗里，它是不敢飞的。于是你伸手擒来，毛茸茸软温温的一团，小心脏抵着你的手心猛跳，吱吱的抗议声中，你已经把它置回笼里。

蓝宝宝是从大埔的菜市上花六元买来的，在我所有的“禽缘”里，它是最乖巧可爱的一只。现在，即使有谁出六千元，我也不肯舍弃它的。前年夏天，我们举家回台北去，只好把蓝宝宝寄在宋淇府上，劳宋夫人做了半个月的“鸟妈妈”。记得交托之时，还郑重其事，拟了一张“养鸟须知”的备忘录，悬于笼侧，文曰：

一、小米一钵，清水半缸，间日一换，不食烟火，俨然羽仙。

二、风口日曝之处，不宜放置鸟笼。

三、无须为鸟沐浴，造化自有安排。

四、智商仿佛两岁稚婴。略通人语，颇喜传讹。闺中隐私，不宜多言，慎之慎之。

1977 年 5 月

绣口一开

动听的演讲宁短勿长。

据说演讲是一种艺术，可以修炼而成。但是像所有的艺术一样，这件事也有天才和苦学之分。口才大半是天生，苦学所能为力的，恐怕多在修辞。有了卓越的见解，配以无碍的口才，演讲自然成功。若是见解平庸，纵然滔滔不绝，也只是震耳罢了，并不能直诉听众的内心。演讲而沦为修辞，便成了空泛的滥调，一出门去，听众便忘记了。多少名人，真的是见面不如闻名，开口不如见面。

有些名人演讲，完全根据讲稿，而有些讲稿根本就是完整的文章。据说徐志摩从欧洲回国，第一次演讲就是如此。这只能算念，不能算讲。所谓宣读论文，如果只是照念，必然沉闷不堪。其实只讲清楚也还不够，多少得演。当然不是演戏，不是把讲台当作戏台。而是现场的听众也是观众，不但要听得入耳，也希望看得生动。会演的演讲人不但善于遣词，还要变化声调，流露情思，眼神要与台下的睽睽众目来回交接，挥手移足，俯仰顾盼，总要能照料到全场，才不会落得冷场。势如破竹的滔滔雄辩，侃侃阔谈，未必能赢得高明的听众。短暂的间歇，偶然的沉吟，出其不意地说到在场的某人某事，场外的天气时局，或者自问自答，或者学人口吻，都能解开“讲课”的闷局。其实真正动听的讲课，多半也带点演讲的味道。

动听的演讲宁短勿长，宁可短得令人回味，不可长得令人乏味。林语堂期待的短如女裙，固然不太可能，因为有人远从邻县赶来听讲，半小时并不能令他满足。但是一气直下，两小时都不瞥腕表，就未免不顾现实了。“深度不足的演说家，常用长度来补偿。”孟德斯鸠讲得一点也不错。还有一种人演讲，不但贪长，更且逞响。愈浅的人愈迷信滔滔的声浪，以为“如雷贯耳”便足以征服世界。以前不用麦克风，这些“铁血宰相”最多用自己的血肉之躯来“喊话”，到底容易声嘶力竭。现在有了机器来助阵，等于有了武器，这种演讲人在回声反弹如回力球的喧嚣里，更幻觉自己的每句话都是警世的真理了。

不少演讲都留下二三十分钟来答客问，这才是考验名人的时间。演讲本身毕竟范围有限，事先可以充分预备，唯独现场的即问即答，“临时抽考”，不但需要博学，更且有赖急智，答得妙时，还能掀起新的高潮。若是问者苦缠不已，答者文不对题，会场就陷入了低潮。若是听众无人发问，成了面面相觑的观众，那就更是冷场了。

还有一种反高潮的场面。主持人的介绍词把演讲人说得天上有、地下无，接下来的演讲却是平平无奇，不孚厚望。或者主持人一番开场白谐趣横生，语妙天下，把紧接的演讲对比得黯然失色，也令人觉得头重而脚轻。金耀基主持新亚书院的夜谭多年，我听过他好几次开场白，都简洁精妙。有人甚至说，是专为他的介绍词而来听演讲的，虽是戏言，也可见演讲有如斗智，真的是来者不善，善者不来。

海内外名作家名学者的演讲，真能见面犹胜闻名的，实在不多。近年在香港也听过几位三十年代名家的现场说法，多难以令人侧耳倾心。锦心未必就有绣口，有些外国的汉学家简直口钝，中文说得比打字还慢。就算是锦心而绣口吧，演说大家的雄辞丽句也无非咳唾随风，与身俱没，哪像文字这么耐久。林肯的葛底斯堡演讲词，百年之后，也只是声销而文留。

——1985 年 12 月 30 日《台湾新闻报》“西子湾”副刊

朋友四型

被选，是一种荣誉，但不一定是一件乐事。

一个人命里不见得有太太或丈夫，但绝对不可能没有朋友。即使是荒岛上的鲁滨孙，也不免需要一个“星期五”。一个人不能选择父母，但是除了鲁滨孙之外，每个人都可以选择自己的朋友。照说选来的东西，应该符合自己的理想才对，但是事实又不尽然。你选别人，别人也选你。被选，是一种荣誉，但不一定是一件乐事。来按你门铃的人很多，岂能人人都令你“喜出望外”呢？大致说来，按铃的人可以分为下列四型。

第一型，高级而有趣。这种朋友理想是理想，只是可遇而不可求。世界上高级的人很多，有趣的人也很多，又高级又有趣的人却少之又少。高级的人使人尊敬，有趣的人使人欢喜，又高级又有趣的人，使人敬而不畏、亲而不狎，交结愈久，芬芳愈醇。譬如新鲜的水果，不但甘美可口，而且富于营养，可谓一举两得。朋友是自己的镜子。一个人有了这种朋友，自己的境界也低不到哪里去。东坡先生杖履所至，几曾出现过低级而无趣的俗物?

第二型，高级而无趣。这种人大概就是古人所谓的诤友，甚至畏友了。这种朋友，有的知识丰富，有的人格高超，有的呢，“品学兼优”像一个模范生，可惜美中不足，都缺乏那么一点儿幽默感，活泼不起来。你总觉得，他身上有那么一个窍没有打通，因此无法豁然恍然，具备充分的现实感。跟他交谈，既不像打球那样，你来我往，此呼彼应，也不像滚雪球那样，把一个有趣的话题愈滚愈大。精力过人的一类，只管自己发球，不管你接不接得住。消极的一类则以逸待劳，难得接你一球两球。无论对手是积极或消极，总之该你捡球，你不捡球，这场球是别想打下去的。这种畏友的遗憾，在于趣味太窄，所以跟你的“接触面”广不起来。天下之大，他从城南到城北来找你的目的，只在讨论“死亡在法国现代小说中的特殊意义”，或是“因纽特人对于性生活的态度”。为这种畏友捡一晚上的球，疲劳是可以想见的。这样的友谊有点儿像吃药，太苦了一点儿。

第三型，低级而有趣。这种朋友极富娱乐价值，说笑话，他最黄；说故事，他最像；消息，他最灵通；关系，他最广阔；好去处，他都去过；坏主意，他都打过。世界上任何话题他都接得下去，至于怎么接法，就不用你操心了。他的全部学问，就在不让外行人听出他没有学问。至于内行人，世界上有多少内行人呢？所以他的马脚在许多客厅和餐厅里跑来跑去，并不怎么显眼。这种人最会说话，餐桌上有了他，一定宾主尽欢，大家喝进去的美酒还不如听进去的美言那么“沁人心脾”。会议上有了他，再空洞的会议也会显得主题正确、内容充沛，没有白开。如果说，第二型的朋友拥有世界上全部的学问，独缺常识，这一型的朋友则恰恰相反，拥有世界上全部的常识，独缺学问。照说低级的人而有趣味，岂非低级趣味，你竟能与他同乐，岂非也有低级趣味之嫌？不过人性是广阔的，谁能保证自己毫无此种不良的成分呢？如果要你做鲁滨孙，你会选第三型还是第二型的朋友做“星期五”呢？

第四型，低级而无趣。这种朋友，跟第一型的朋友一样少，或然率相当低。这种人当然自有一套价值标准，非但不会承认自己低级而无趣，恐怕还自以为又高级又有趣呢。然则，余不欲与之同乐矣。

1972 年 5 月

独木桥与双行道

一个没有“代差”的社会，必然是死气沉沉、十分闭塞的社会。

如果有这么一个家庭：父亲听不惯儿子的摇滚乐，认为简直是野蛮的噪音，儿子呢，也讨厌父亲的京戏，觉得那些事情十分遥远，社会学家就会搬出一个新名词来，说父子之间有了“代沟”。

英文 generation gap 一词，应该如何中译，看法颇不一致。一般的译名是“代沟”，令人想起难越的鸿沟，不免有点触目惊心。也有人认为不应强调这种裂痕，而把它译成较为温和的“代差”。还是“代沟”比较普及，而且形象化。

西方的传统，以三十年为一代。现代社会的变化加速，似乎等不到二十年，就已有换代的感觉了。西方之变的脉搏，在美国跳得最快。我前后三度去美国，觉得美国的青年一直在变：第一次去，是在五十年代末期，美国的大学生似乎尚在接受“美式生活”，校园相当平静。第二次去，是在六十年代中期，已经大有转变：正是民权运动的高潮，我班上有好几位学生开车去南方参加游行。第三次去，是在六十年代末期到七十年代初期，美国的大学生还在反越战，而摇滚乐、迷幻药、反污染、耶稣热、神秘主义，地下文学，反种族歧视也正盛行，总而言之，对“美式生活”的反抗，也就是所谓“青年人的文化”，已经形成了一个最新的传统。

六十年代的后半期，年青的一代在世界各地曾有大规模的骚动。几乎是在同时，大学生和退学的嬉皮士震撼了美国的校园，法国、英国、希腊、土耳其等国家的学生也都有激烈的集体行动。这些现象，尽管是不同的政治背景和社会环境所促成的，其对上一代领导人的抗议，则是一致的。

在亚洲地区，日本、韩国、泰国等国家的大学生常有不满现状的表现。台湾地区的情形可谓幸运得多。在台湾地区，社会上大致可称繁荣而安定，二十多年来，年青的一代尚少不安的现象。两代之间相异的程度，最多可称“代差”，还不至于成为“代沟”。每年暑假期间，台湾地区的大专生及高中生，上山越海，参加各式各样的文艺康乐活动，往往多达五六十万人，可谓相当健康的抒发。但是暑假过后，学生回到学校里，由于功课太重，而某些学校管教又失之过严，设备又失之过简等等，如果家庭又不够理想，则不满之情当然也是有的。

我认为在亚洲某些地区，所谓“代差”的形成，与两代之间接受西化的程度有关。以音乐为例，中年一代的东方人接受西方的古典音乐，都已视为当然，但对于年轻一代欣然接受的摇滚乐，则往往格格不入，甚且讥嘲。古典音乐也许真比摇滚乐“高雅”些，但是在本质上，两者都是从西方来的，听古典音乐并不比听摇滚乐更为“爱国”，就像穿牛仔裤也不比穿正式西装更“崇洋”一样。

台湾青年接受西方文化，可分几个层次。下层者该是接受服装与发式等表面的东西。再上一层大概是听民谣与摇滚乐。最上层的，是吸收文学、艺术、戏剧、哲学等等。所谓“代差”，倒不一定是一代比一代西化。以新诗为例，五四的新诗人恨不得抛掉文言，台湾的现代诗人却主张酌予采用；在台湾，上一代的作家曾热衷于西方的现代主义，下一代的作家反而鼓吹民族性与乡土感。显然，前述的西化三层次都有“代差”的现象，而层次愈低，“代差”的程度愈高。

自从五四新文化运动以来，有三样东西一直在敲中国的大门：赛先生、德先生、缪斯小姐。赛先生是最受欢迎的。中国文化在科学方面最弱，因此对于外来的赛先生，一点抵抗力量也没有。在美国，年青的一代为了自然环境而反对科学，至少是反对科学带来的工业文明。但是在开发中的地区如台湾，正欢迎科学之不暇，还没有这种现象。对于民主，中国人的态度仍颇不一致，即使表面上欢迎它的人，也有不少在心里加以怀疑，甚至抗拒。德先生在中国仍是一位名多于实的“嘉宾”。至于文艺，中国自有深长的传统，缪斯小姐赢得了年轻一代的爱好，但似乎很难取得上一代的信任。台湾的现代作家要“娶”这位小姐，似乎还相当困难。三者相比，赛先生人缘最好，并无“代差”问题，德先生人缘较差，缪斯小姐带来的“代沟”最深。

新事物的兴起，引起的代间反应，常有轨迹可寻。祖父一代反对的东西，父亲一代可能视为当然，但是到了儿子的一代又已成为陈迹。每一次的革命，无非针对上一次的革命。不少所谓“革命家”，到了老年，心灵便关闭了起来，不再能接受新的观念，乃成了革命的对象。代间的关系，当然也不是一成不变的。父亲可能渐渐发现，儿子并不是那么幼稚；儿子也可能发现，父亲的看法不尽陈腐。为人子者，终有一天亦为人父。有时，儿子一代会欣赏祖父甚至曾祖父那一代的事物，而使之复兴。先知的影响，往往是隔代的。

“代差”因互相了解而缩短，因误解而加深。了解，是一条双行道。上一代居于领导的优势，掌握着发言权，下一代则每每苦无发言的机会，这样的单行道最容易引起代差，久之便成为代沟了。如果上一代能跳出“作之师”的绝对主观，耐心听听下一代的意见，情形当可改善。

我对“代差”的看法是相当乐观的。“代差”往往成为推动社会的力量。如果下一代事事萧规曹随，跟着上一代走，这社会怎能进步？一个没有“代差”的社会，必然是死气沉沉、十分闭塞的社会。一个社会不能不变，但也不能变得太快。上一代要拉住它，下一代要推动它，推的力量比拉的力量大，进步便在其中。

1975 年 12 月

一笑人间万事

一声豪笑抵得过一万句推理。

王尔德的喜剧《不可儿戏》6月底在香港大会堂一连演了十四场，场场满座，观众无不“绝倒”。我身为此剧的中文译者，除了对杨世彭的导演艺术衷心佩服之外，更触发下面的一些感想。

鲁迅说得好：悲剧是把有价值的东西毁灭给人看，喜剧则是把无价值的东西毁灭给人看。什么是无价值的东西呢？在王尔德的喜剧里，那就是人性的基本弱点，例如虚伪、虚荣、矛盾、自私等等，而不是特定的阶级、政党、行业或性别。讽刺人性的喜剧似乎不如讽刺某时某地社会现象的喜剧来得写实，可是在某时某地之外，往往更为普及而耐久。王尔德那种无中生有的妙语、无所不刺的笑话，在九十年后的地球背面，仍能凭空教中国的观众放松了面肌，运动了横膈膜，而尽一夕之欢。

惹笑未必是喜剧的最终目的，但是一出不惹人笑或是笑不尽兴的喜剧却是一大失败。那样尴尬的场面真教观众无趣，演员无兴，导演面上无光。笑，未必是对艺术最深刻的反应，但这种反应最为自然，最作不得假。要把几百个颇有见识的观众逗得失声发笑，哄堂大笑，而又笑声不断，绝非易事。台上妙语连珠，台下笑声成潮，这时你会觉得：这出戏是台下和台上合作演成的。喜剧惹笑，等于提前鼓掌，最令演员增加信心，提高士气。在这种气氛中加入笑阵的台下人，更感到人同此心、与众共欢的快意。

梅尔维尔在《白鲸记》里说："面对一切荒谬，最聪明最方便的答复，便是大笑。"门肯在《偏见集》里也说："一声豪笑抵得过一万句推理。豪笑一声，不但更有效果，也更有智慧。"

王尔德的喜剧无中生有地创出了许多荒谬而有趣的对话，表达了许多荒谬而有趣的念头，出乎观众意料，却入于艺术趣味，反常之中竟似合道。男人有意独身，通常予人克己禁欲之感。在《不可儿戏》里，劳小姐（一位老处女）却对蔡牧师说："我的好牧师，你似乎还不明白，一个男人要是打定主意独身到底，就等于变成了永远公开的诱惑。男人应该小心一点，使脆弱的异性迷路的，正是单身汉。"说到此，台下的观众无不失笑。

剧中人物杰克与亚吉能是一对难兄难弟式的好朋友。杰克受挫于亚吉能的姨妈，气得大骂她是母夜叉，结论是："她做了妖怪，又不留在神话里，实在太不公平……对不起，阿吉，也许我不该这么当面说你的姨妈。"亚吉能答道："老兄，我最爱听人家骂我的亲戚了。只有靠这样，我才能忍受他们。"台下观众又是哄堂大笑。

最荒谬的妙语则出于"妖怪"巴夫人之口。她盘问未来的女婿杰克："你双亲都健在吧？"杰克说："我已经失去了双亲。"巴夫人说："失去了父亲或母亲，华先生，还可以说是不幸；双亲都失去了，就未免太大意了。”对此，观众报以最响的笑声。

台下的笑声，谁也不能控制，甚至不能逆料。有些地方导演和我都觉得好笑，台下却放过不笑。杰克对巴夫人控诉亚吉能招摇撞骗，巴夫人听完诉辞之后惊答：“做人不诚实！我的外甥亚吉能？绝对不可能！他是牛津毕业的。”最后一句当然可笑，却未激起台下的波纹。

妙语连珠而来，笑声迭浪而起，其间也有美中不足，令高明的导演与演员束手无策。在《不可儿戏》的第二幕，亚吉能看到西西丽在记日记，问她能不能让他看看内容，西西丽说：“哦，不可以。你知道，里面记录的不过是一个很年轻的女孩子私下的感想和印象，所以呢，是准备出版的。等到印成书的时候，希望你也邮购一本。”台下人听到“是准备出版的”时，因为逻辑逆转，悖乎常理，而且颠倒得十分有趣，不禁哄堂大笑。但是下一句也非常可笑，却在上一句引爆的笑声中给淹没了。演员又不能在台上僵住，等笑声退潮，再说下去。

《不可儿戏》在香港演出，纯用粤语。我真希望台湾有剧团能用普通话来演。中文译本在台湾出版两年了，竟未引起任何反应，令译者相当失望。

——1985 年 7 月 14 日《联合副刊》

一片大陆，算不算你的国？
一个岛，算不算你的家？
一眨眼，算不算少年？
一辈子，算不算永远？

在时光中畅快漂泊

第二辑
DI ER JI

逍遥游

是的，这是行路难的时代。

如果你有逸兴做太清的逍遥游行，如果你想在十二宫中沿黄道而散步，如果在蓝石英的幻境中你欲冉冉升起，蝉蜕蝶化，遗忘不快的自己，总而言之，如果你何幸患上，如果你不幸患了“观星癖”的话，则今夕，偏偏是今夕，你竟不能与我并观神话之墟，实在是太可惜太可惜了。

我的观星，信目所之，纯然是无为的。两睫交瞬之顷，一瞥往返大千，御风而行，泠然善也，泠然善也。原非古代的太史，若有什么冒失的客星，将毛足加诸皇帝的隆腹，也不用我来烦心。也不是原始的舟子，无须在雾气弥漫的海上，裂眦辨认北极的天蒂。更非现代的天文学家或太空人，无须分析光谱或驾驶卫星。科学向太空看，看人类的未来，看月球的新殖民地，看地球人与火星人不可思议的星际战争。我向太空看，看人类的过去，看占星学与天宫图、祭司的梦、酋长的迷信。

于是大度山从平地涌起，将我举向星际，向万籁之上，霓虹之上。太阳统治了钟表的世界。但此地，夜犹未央，光族在钟表之外闪烁。亿兆部落的光族，在令人目眩的距离，交射如是微眇的清辉。半克拉的孔雀石。七分之一的黄玉扇坠。千分之一克拉的血胎玛瑙。盘古斧下的金刚石矿，天文学采不完万分之一。天河蜿蜒着敏感的神经，首尾相衔，传播高速而精致的触觉，南天穹的星阀热烈而显赫地张着光帜，一等星、二等星、三等星，争相炫耀它们的家谱，从 Alpha 到 Beta 到 Zeta 到 Omega，串起如是的辉煌，迤逦而下，尾扫南方的地平。亘古不散的假面舞会，除倜傥不羁的彗星，除爱放烟火的陨星，除垂下黑面纱的朔月之外，星图上的姓名全部亮起。后羿的逃妻所见如此。自大狂的李白、自虐狂的李贺所见如此。利玛窦和徐光启所见亦莫不如此。星象是一种最晦涩的灿烂。

北天的星貌森严而冷峻，若阳光不及的冰柱。最壮丽的是北斗七星。这局棋下得令人目摇心悸，大惑不解。自有八卦以来，任谁也挪不动一只棋子，从天枢到摇光，永恒的颜面亿代不移。棋局未终，观棋的人类一代代死去。维北有斗，不可以挹酒浆。圣人以前，诗人早有这狂想。想你在平旷的北方，巍峨地升起，阔大的斗魁上斜着偌长的斗柄，但不能酌一滴饮早期的诗人。那是天真的时代，圣人未生，青牛未西行。那是青铜时代，云梦的瘴疠未开，鱼龙遵守大禹的秩序，吴市的吹箫客白发未白。那是多神的时代，汉族会唱歌的时代，摽有梅野有蔓草，自由恋爱的时代。快乐的 Pre-Confucian 的时代。

百仞下，台中的灯网交织现代的夜。湿红流碧，林荫道的彼端，霓虹茎连的繁华。脚下是，不快乐的 Post-Confucian 的时代。凤凰不至，麒麟绝迹，龙只是观光事业的商标。八佾在龙山寺凄凉地舞着。圣裔饕餮着国家的俸禄。龙种流落在海外。诗经蟹行成英文。谁谓河广，一苇杭之。招商局的吨位何止一苇，奈何河广如是，浅浅的海峡隔绝如是！人人尽说江南好，游人只合江南老。今人竟羡古人能老于江南。江南可哀，可哀的江南。唯庾信头白在江南之北，我们头白在江南之南。嘉陵江上，听了八年的鹧鸪，想了八年的后湖，后湖的黄鹂。过了十五个台风季，淡水河上，并蜀江的鹧鸪亦不可闻。帝遣巫阳招魂，在海南岛上，招北宋的诗人。“魂兮归来，南方不可以止些！”这里已是中国的至南，雁阵惊寒，也不越浅浅的海峡。雁阵向衡山南下。逃亡潮冲击着香港。留学女生向东北飞，成群的孔雀向东北飞，向新大陆。有一种候鸟只去不回。

怒而飞，其翼若垂天之云，抟扶摇而上者九万里。喷射机在云上滑雪，多逍遥的游行！曾经，我们也是泱泱的上国，万邦来朝，皓首的苏武典多少属国。长安矗第八世纪的纽约，西来的驼队，风沙的软蹄踏大汉的红尘。曾几何时，五陵少年竟亦洗碟子，端菜盘，背负摩天楼沉重的阴影。而那些长安的丽人，不去长堤，便深陷书城之中，将自己的青春编进洋装书的目录。当你的情人已改名玛丽，你怎能送她一首菩萨蛮？历史健忘，难为情的，是患了历史感的个人。三十六岁，常怀千岁的忧愁。千岁前，宋朝第一任天子刚登基，黄袍犹新，一朵芬芳的文化欲绽放。欧洲在深邃的中世纪深处冬眠，拉丁文的祈祷有若梦呓。知晦朔的朝菌最可悲。八股文。裹脚布。阿Q的辫子。鸦片的毒氛。租界流满了惨案流满了租界。大国的青睐翻成了白眼。小国反复着排华运动。朝菌死去，留下更阴湿的朝菌，而晦朔犹长，夜犹未央。东方的大帝国纷纷死去。巴比伦死去。波斯和印度死去。亚洲横陈史前兽的遗骸，考古学家的乐园是废墟。南有冥灵，以五百岁为春，五百岁为秋。惠蛄啊惠蛄，我们是阅历春秋的惠蛄。不，我们阅历的，是战国，是军阀，是太阳旗，是弯弯的镰刀如月。

夜凉如浸。虫吟如泣。星子的神经系统上，挣扎着许多折翅的光源，如果你使劲拧天蝎的毒尾，所有的星子都会呼痛。但那只是一瞬间的幻觉罢了。天苍苍何高也，绝望的手臂岂得而扪之？永恒仍然在拍打密码，不可改不可解的密码，自补天自屠日以来，就写在那上面，那种磷质的形象！似乎在说：就是这个意思。不周山倾时天柱倾时是这个意思。长城下，运河边是这个意思。扬州和嘉定的大屠城是这个意思。卢沟桥上，重庆的山洞里，莫非是这个意思。然则御风飞行，泠然善也，泠然善也，然则孔雀东北飞，是逍遥游乎，是行路难乎？曾经，也在密西西比的岸边，一座典型的大学城里，面对无欢的西餐，停杯投叉，不能卒食。曾经，立在密歇根湖岸的风中，看冷冷的日色下，钢铁的芝城森寒而黛青。日近，长安远。迷失的五陵少年，鼻酸如四川的泡菜。曾经啊，无寐的冬夕，立在雪霁的星空下，流泪想刚死的母亲，想初出世的孩子。但不曾想到，死去的不是母亲，是古中国，初生的不是女婴，是五四。喷射云两日的航程，感情上飞越半个世纪。总是这样。松山之后是东京之后是阿拉斯加是西雅图。上有青冥之长天，下有渌水之波澜。长风破浪，云帆可济沧海。行路难。行路难。沧海的彼岸，是雪封的思乡症，是冷冷清清的圣诞、空空洞洞的信箱，和更空洞的学位。

是的，这是行路难的时代。逍遥游，只是范蠡的传说。东行不易，北归更加艰难。兵燹过后，江南江北，可以想见有多荒凉。第二度去国的前夕，曾去佛寺的塔影下祭告先人的骨灰。锈铜钟敲醒的记忆里，二百根骨骼重历六年前的痛楚。六年了，前半生的我陪葬在这小木匣里。我生在王国维投水的次年。封闭在此中的，是沦陷区的岁月，抗战的岁月，仓皇南奔的岁月，行路难的记忆，逍遥游的幻想。十岁的男孩，已经咽下国破的苦涩。高淳古刹的香案下，听一夜妇孺的惊呼和悲啼。太阳旗和游击队拉锯战的地区，白昼匿太湖的芦苇丛中，日落后才摇橹归岸，始免于锯齿之噬。舟沉太湖，母与子抱宝丹桥础始免于溺死。然后是上海的法租界。然后是香港海上的新年。滇越路的火车上，览富良江岸的桃花桃花。高亢的昆明。险峻的山路。母子颠簸成两只黄鱼。然后是海棠溪的渡船，重庆的团圆。月圆时的空袭，迫人疏散。于是六年的中学生活开始，草鞋磨穿，在悦来场的青石板路。令人涕下的抗战歌谣。令人近视的教科书和油灯。桐油灯的昏焰下，背新诵的古文，向鬓犹未斑的父亲，向扎鞋底的母亲，伴着瓦上急骤的秋雨急骤地灌肥巴山的秋池……钟声的余音里，黄昏已到寺，黑僧衣的蝙蝠从逝去的日子里神经质地飞来。这是台北的郊外，观音山已经卧下来休憩。

栩栩然蝴蝶。蘧蘧然庄周。巴山雨。台北钟。巴山夜雨。拭目再看时，已经有三个小女孩喊我父亲。熟悉的陌生，陌生的变成熟悉。千级的云梯下，未完的出境手续待我去完成。将有远游。将经历更多的关山难越，在异域。又是松山机场的挥别，东京御河的天鹅，太平洋的云层，芝加哥的黄叶。六年后，北太平洋的卷云，犹卷着六年前乳色的轻罗。初秋的天一天比一天高。初秋的云，一片比一片白净比一片轻。裁下来，宜绘唐寅的扇面，题杜牧的七绝。且任它飞去，且任它羽化飞去。想这已是秋天了，内陆的蓝空把地平都牧得很辽很远。北方的黄土平野上，正是驰马射雕的季节。雕落下。雁落下。萧萧的红叶红叶啊落下，自枫林。于是下面是冷碧伶仃的吴江。于是上面，只剩下白寥寥的无限长的楚天。怎么又是九月又是九月了呢？木兰舟中，该有楚客扣舷而歌，“悲哉秋之为气也……憭栗兮若在远行！”

远行。远行。念此际，另一个大陆的秋天，成熟得多美丽。碧云天。黄叶地。艾奥瓦的黑土沃原上，所有的瓜该又重又肥了。印第安人的落日熟透时，自摩天楼的窗前滚下。当暝色登上楼的电梯，必有人在楼上忧愁。摩天三十六层楼，我将在哪一层朗吟《登楼赋》？可想到，即最高的一层，也眺不到长安？当我怀乡，我怀的是大陆的母体，啊，《诗经》中的北国，《楚辞》中的南方！当我死时，愿江南的春泥覆盖在我的身上，当我死时。

当我死时。当我生时。当我在东南的天地间漂泊。战争正在海峡里焚烧。饿殍和冻死骨陈尸在中原。黄巾之后有董卓的鱼肚白有安禄山的鱼肚白后有赤眉有黄巢有白莲。始皇帝的赤焰们在高呼，战神万岁！战争燃烧着时间燃烧着我们，燃烧着你们的须发我们的眉睫。当我死时，老人星该垂下白髯，战火烧不掉的白髯，为我守坟。吾所以有大患者，为吾有身。当我物化，当我归彼大荒，我必归彼芥子归彼须弥归彼地下之水空中之云。但在那之前，我必须塑造历史，塑造自己的花岗石面，当时间在我的呼吸中燃烧。当我的三十六岁在此刻燃烧在笔尖燃烧在创造创造里燃烧。当我狂吟，黑暗应匍匐静听，黑暗应见我须发奋张，为了痛苦地欢欣地热烈而又冷寂地迎接且抗拒时间的巨火，火焰向上，挟我的长发挟我如翼的长发而飞腾。敢在时间里自焚，必在永恒里结晶。

维北有斗，不可以挹酒浆。有一种疯狂的历史感在我体内燃烧，倾北斗之酒亦无法浇熄。有一种时间的乡愁无药可医。台中的夜市在山麓奇幻地闪烁，紫水晶的盘中眨着玛瑙的眼睛。相思林和凤凰木外，长途巴士沉沉地自远方来，向远方去，一若公路起伏的鼾息。空中弥漫着露滴的凉意，和新割过的草根的清香。当它沛沛然注入肺叶，我的感觉遂透彻而无碍，若火山脚下，一块纯白多孔的浮石。清醒是幸福的。未来的大劫中，唯清醒可保自由。星空的气候是清醒的秩序。星空无限，大罗盘的星空啊，创宇宙的抽象大壁画，玄妙而又奥秘，百思不解而又百读不厌，而又美丽得令人绝望地赞叹。天河的巨瀑喷洒而下，蒸起螺旋的星云和星云，但水声敻渺得永不可闻。光在卵形的空间无休止地飞啊飞，在天河的旋涡里做星际航行，无所谓现代，无所谓古典，无所谓寒武纪或冰河时期。美丽的卵形里诞生了光，千轮太阳，千只硕大的蛋黄。美丽的卵形诞生了我，亦诞生后稷和海伦。七夕已过，织女的机杼犹纺织多纤细的青白色的光丝。五千年外，指环星云犹谜样在旋转。这婚礼永远在准备，织云锦的新娘永远年轻。五千年前，我的五立方的祖先正在昆仑山下正在黄河源濯足。然则我是谁呢？我是谁呢？呼声落在无回音的，岛宇宙的边陲。我是谁呢？我——是——谁？一瞬间，所有的光都息羽回顾，猬集在我的睫下。你不是谁，光说，你是一切。你是侏儒中的侏儒、至小中的至小。但你是一切。你的魂魄烙着北京人全部的梦魇和恐惧。只要你愿意，你便立在历史的中流。在战争之上，你应举起自己的笔，在饥馑在黑死病之上。星裔罗列，虚悬于永恒的一顶皇冠，多少克拉多少克拉的荣耀，可以为智者为勇者加冕，为你加冕。如果你保持清醒，而且屹立得够久。你是空无。你是一切。无回音的大真空中，光，如是说。

1964 年 8 月 20 日于台北

九张床

一张比一张离你远。一张，比一张荒凉。

一张比一张离你远。一张，比一张荒凉。检阅荒凉的岁月，九张床。

第一张。西雅图的旅馆里，面海，朝西。而且多风，风中有醒鼻的咸水气息。那是说，假如你打开长长的落地窗，披襟当风。对于宋玉，风有雌雄之分。对于我，风只分长短。譬如说，桃花扇底的风是短的。西雅图的风是长的。来自阿拉斯加，自海豹群吠月的岩岸，自空空洞洞的育空河口吹来。最难是，破题儿第一遭。寂寞的史诗，自午夜的此刻开始。自西雅图开始。西雅图，多风的名字，遥远的城。六年前，一个留学生的寂寞也从此开始，检阅上次回台北的岁月，发现有些往事，千里外，看得分外地清晰。发现一个人，一个千瓣的心灵，很难绝对生活在此时此刻。预感带几分恐惧。回忆带几分悲伤。如是而已。如是而已。蚀肤酸骨的月光下，中秋渐近而不知中秋的西雅图啊，充军的孤城，海的弃婴，今夕，我无寐，无鼾，在浩浩乎大哉，太平洋苍老而又年轻，蓝浸四大洲的鼾声之中。小小的悲伤，小小的恩怨，小小的一夜失眠。当你想，永恒的浪潮拍着宇宙的边陲，多少光，多少清醒。

第二张浮在中秋的月色里。西雅图之后，北美洲大陆的心脏，听不见海，吹不到风。该是初秋的早寒了，犹逗留燠热的暑意，床单逆拂着微潮的汗毛。耳在枕上，床在楼上，红砖的楼房在广阔的中西部大平原上。正是上课的前夕，明晨的秋阳中，四十双碧瞳将齐射向我，如欲射穿五千年的神秘和陌生。李白发现他的句子横行成英文，他的名字随海客流行，到方丈与蓬莱之外，有什么感想？今人不见古时月，今月曾经照古人。投倒影在李白樽中的古月，此时将清光泼翻我满床。月光是史前谁的魂魄，自神话里流泻出来，流向梦的，夜的，记忆的每一角落。月光光，谁追我，从台北追到西雅图追到皮奥瑞亚。如果昨夕无寐，今夜岂有入寐的理由？月光光，照他乡……抗战前流行的一首歌，在不知名处袅袅地旋起。轻罗小扇，儿时的天井。母亲做的月饼，饼面的芝麻如星。重庆，空袭的月夜，月夜的玄武湖，南京……直到曙色用一块海绵，吸干一切。

第三张在艾奥瓦城。林中铺满轻脆的干橡叶，十月小阳春的夜里，一个毕业生回想六年前，另一季美丽，但不快乐的秋天。六年前，金字塔下，许多木乃伊忽然复活，且列队行过我枕上。许多畸形的片段，七巧板似的合而复分，女巫们自万圣节中，拂其黑袖，骑其长帚，挟其邪恶的笑声，翩翩起飞。重游旧地，心情复杂而难加分析。六年前的异域，竟成六年后某种意义下某种程度上的故乡。毕竟，在此我忍过十个月（十个冰河期？）的真空，咽过难以消化的冷餐，消化过难以下咽的现代艺术。毕竟，在此我哭过，若非笑过、怨过，若非爱过。当长途汽车迤迤进站，且吐出灰狗重重的喘息，当艾奥瓦大学的象征，金顶的州议会旧厦森然自黑暗中升起，当旧日的老师李铸晋与安格尔，和今日的少壮作家——叶珊、王文兴、白先勇，在站前接我，一瞬间竟有重归故乡的感觉。

第四张在艾奥瓦城西北。那是黄用公寓中的双人床。重游母校的第三天，和叶珊、少聪并骑灰犬，去西北方百里的埃姆斯，拜访黄用和他的新娘。好久不写诗的黄用，在五年前现代诗的论战中，曾是一员骁将。公寓中的黄用，并不像寓公。伶牙俐齿，唇枪舌剑之间，黄用仍令你想起离经叛道，似欲掀起一股什么校风的自行车骑士。宾主谈到星图西倾，我才被指定与叶珊共榻。不能和戴我指环的女人同衾，我可以忍受；必须和另一男人，另一件泥塑品，共榻而眠，却太难堪了。要将四百多根雄性的骨骼，舒适地分布在不到二点八平方米的局面，实在不是一件易事，而是一件艺术，一件较之现代诗的分行犹难的艺术。叶珊的寐态，和他俊逸的诗风颇难发生联想。同床异梦，用之形容那一夜，是再恰当不过的了。他梦他的《水之湄》，我梦我的《莲的联想》。不，说异梦也是不公平的，因为我根本无梦，尤其耳当他鼾声的要冲。这还不是高潮。正当我卧莲欲禅之际，他忽在梦中翻过身来，将我抱住。我必须声明，我既非王尔德，他也不是魏尔伦。因此这种拥抱，可以想见的，不甚愉快。总算东方既白，像《白鲸记》中的以实玛利，我终于挣脱了这种睁眼的梦魇。

第五张历史较长，那是我在皮奥里亚的布拉德利大学，安定下来后的一张，我租了美以美教会牧师杜伦夫妇寓所的二楼。那是一张古色古香、饶有殖民时期风味的双人床，榻面既高，床栏亦耸，床左与床尾均有大幅玻璃窗，饰以卷云一般的洁白罗纱，俯瞰可见人家后院的花圃和车房。三五之夜，橡树和枫树投影在窗，你会感觉自己像透明的玻璃缸中，穿游于水藻间的金鱼。万圣节的前夕，不该去城里看了一场魅影幢幢的电影，叫什么 *Witchcraft* 的。夜间犹有余悸，将戏院发的辟妖牌（witch deflector）悬在床栏上，似亦不起太大作用。紧闭的室内，总有一丝冷风。恍惚间，总觉得有个黑衣女人立在楼梯口上，目光瞵瞵，盯在我的床上，第二天，发起烧来，病了一场。

幸好，不久布拉德利大学的讲课告一段落，我转去中密大学（Central Michigan University）。第六张床比较现代化，席梦思既厚且软。这时已经是十二月，密歇根的雪季已经开始。一夜之间，气温会直落二十摄氏度，早上常会冷醒。租的公寓在乐山（Mount Pleasant）郊外，离校区还有四点八千米路远。屋后一片空廓的草地，满覆白雪，不见人踪、鸟迹。公寓新而宽大，起居室的三面壁上，我挂上三个小女孩的合照，弗罗斯特的遗像，凡·高的向日葵，和刘国松的水墨抽象。大幅的玻璃窗外，是皑皑的平原之外还是皑皑的平原。和芬兰一样，密歇根也是一个千泽之国，而乐山正居五大湖与众小泽之间。冰封雪锁的白夜，鱼龙的悲吟一时沉寂。为何一切都离我恁遥恁远，即使燃起全部的星斗，也抵不上一丝烛光。

有时，点起圣诞留下来的欧薄荷色的蜡炬，青荧荧的幽辉下，重读自己国内的旧作，竟像在墓中读谁的遗书。一个我，接着另一个我，纷纷死去。真的我，究竟在何处呢？在抗战前的江南，抗战时的嘉陵江北？在战后的石头城下，抑或在六年前的西方城里？月色如幻的夜里，有时会梦游般起床，启户，打着寒战，开车滑上运河一般的超级公路。然后扭熄车首灯，扭开收音机，听钢琴敲叩多键的哀怨，或是黑女肥沃的喉间，吐满腔的悲伤，悲伤。

另一张也在密歇根湖边。那是一张帆布床，也是刘鎏为我特备的陈蕃之榻。每次去芝加哥，总是下榻城北爱凡思顿刘鎏和孙璐的公寓。他们伉俪二人，同任西北大学物理系教授。我一去，他们的书房即被我占据。刘鎏是我在西半球最熟的朋友之一。他可以毫无忌惮地讽刺我的诗，我也可以不假思索地取笑他的物理。身为科学家的他，偏偏爱看一点什么文艺，且喜欢发表一点议论。除了我的诗，於梨华的小说也在他射程之内。等到兴尽词穷，呵欠连连，总是已经两三点钟。躺上这张床，总是疲极而睡。有时换换口味，也睡於梨华的床——於梨华家的床。

第八张在豪华庄。所谓豪华庄（Howard Johnsons Motor Lodge），原是美国沿超级公路遍设的一家停车旅馆，以设计玲珑别致见称。我住的豪华庄，在匹兹堡城外一山顶上，俯览可及百里，宽阔整洁的税道上，日夕疾驶着来往的车辆。我也是疾驶而来的旅客啊！车尾曳着密歇根的残雪，车首指向葛底斯堡的古战场。唯一不同的，我是在一百二十千米的时速下，豪兴遄飞，朗吟太白的绝句而来的。太白之诗 tempo 最快，在高速的逍遥游中吟之，最为快意。开了十小时的车，倦得无力看房里的电视，或是壁上挂的费宁格尔（Lionel Feininger）的立体写意。一陷入黑甜的盆地里便酣然入梦了。梦见未来派的车轮车轮。梦见自己是一尊噬英里的怪兽，吐长长的火舌向俄亥俄的地平线。梦见不可名状不可闪避的车祸，自己被红睛的警车追逐，警笛曳着凄厉的响尾。

好——险！鬼哭神号的一声刹车，与死亡擦肩而过。自梦魇惊醒，庆幸自己还活着，且躺在第九张床上。床在楼上，楼在镇上，镇在古战场的中央。南北战争，已然是百年前的梦魇。这是和平的清晨，星期天的钟声，鼓着如鸽的白羽，自那边路德教堂的尖顶飞起，绕着这小镇打转，历久不下。林肯的巨灵，自古战场上，自魔鬼穴中，自四百尊铜炮与二千座石碑之间，该也正冉冉升起。当日林肯下了火车，骑一匹老马上山，在他的于思胡子和清癯的颧骨之间，发表了后来成为民主经典的葛底斯堡演说。那马鞍，现在还陈列在镇上的纪念馆中。百年后，林肯的侧面像，已上了一分铜币和五元钞票，但南部的黑人仍上不了选票。同国异命，尼格罗人仍卑屈地生活在爵士乐悲哀的旋律里。“一只番薯，两只番薯。”“跟我一样黑。”那种悲哀，在咖啡馆的酒杯里旋转旋转，令人停杯投叉，不能卒食，令人从头盖麻到脚后跟。所谓自由、平等、博爱。从法国大革命到现在。比起他们，五陵少年的忧郁，没有那么黑。你一直埋怨自己的破鞋，直到你看见有人断脚。

钟声仍然在敲着和平。为谁而敲，海明威，为谁而敲？想此时，新浴的旭日自大西洋底堂堂升起，纽约港上。自由的女神凌波而立，矗几千吨的宏美和壮丽。想此时，江南的表妹们都已出嫁，该不会在采莲，采菱。巴蜀的同学们早毕业了，该不会在唱山歌，扭秧歌。母亲在黄昏的塔下。父亲在记忆的灯前。三个小女孩许已在做她们的稚梦，梦七矮人和白雪公主。想此时，夏菁在巍巍的洛矶山顶，黄用在艾奥瓦的雪原，望尧旋转而旋转，在越南政变的旋涡。蒲公英的岁月，一切都吹散得如此辽远。

想此时，你该仰卧在另一张床上，等待第一声啼，自第四个幼婴。浸你在太平洋初春的暖流里，一只膨胀到饱和的珠母，将生命分给生命。而春天毕竟是国际的运动，在西半球，在新英格兰，从切萨皮克湾到波多马河到萨斯奎汉纳河的两岸，三月风，四月雨，土拨鼠从冻土里拨出了春季。放风筝的日子哪，鸟雀们来自南方，斗嘴一如开学的稚婴。鸟雀们来自风之上、云之上，越州过郡，不必纳税，只需抖一串颤音。不久春将发一声呐喊，光谱上所有的色彩都会喷洒而出。樱花和草莓，山茱萸和苜蓿，桃花绽时，原野便蒸起千朵红云，令凡·高也看得眼花。沿桃蹊而行，五陵少年，该不会迷路在武陵。至少至少，我要摘一朵红云寄你，说，红是我的爱情，云是我的行迹。那种炽热的思念，隔着航空信封，隔着邮票上林肯的虬髯，你也会觉得烫手。毕竟，这已是三月了，已是三月了啊。冬的白宫即将雪崩。春天的手指呵得人好痒。钟声仍在响。催人起床。人赖在第九张床上。在想，新婚的那张，在一种梦谷，在一种爱情盆地。日暖。春田。玉也生烟。而钟声仍不止。人仍在，第九张床。

1965 年 3 月 15 日于葛底斯堡学院

木棉之旅

当它满枝的红葩一齐烧起，春天所有的眼睛全都亮了。

世界上的花树之中，若论阳刚之美，我的一票要投给木棉。因为此树的主干坚挺而正直，打桩一样地向大地扎根。发枝的形态水平而对称，每层三尺，一层层抽发上去，乃使全树的轮廓像一座火塔。花发五瓣，其色亮橘或艳红，一丛丛地顺枝发作，但从树下仰望，一朵朵都被黑萼托住，明丽之中另有一种庄严。一棵盛开的木棉树展示出匀称而豪健的抽象之美。

高雄人虽然把木棉选成了市花，春天来时，市内的紫荆和黄槿处处惊艳，却少见木棉朗爽的影子。整个中山大学的校园只有瘦瘦的一株，高雄女中的前院有一对；最动人的一丛，为八九株，却在师范学院里面。其他的地方应该还有，不过为数有限，否则去年三月，木棉花文艺季要做海报，不至于找不到可以取景的地方。

倒是沿着初春的高速公路北上，一出了高雄，往往一排排盛开的木棉，像服饰鲜丽的春之仪队，夹道飞迎而来，那么猝不及防，又像是美之奇袭，一下子照得人眼红心热，四周的风景也兴奋起来。美，有什么用呢？常有精明的人这么精明地问。我也说不出它究竟有什么用，只觉得它忽然令你心跳，血脉的河流畅通无阻，肺叶的翅膀迎风欲飞，世界忽然新奇起来。这还不够吗？

木棉之市而不见木棉，总有点徒具虚名，而所谓木棉花文艺季也只是心里发热而已。与其艳羡别的地方木棉成行成队，例如台北的罗斯福路，何如趁早在自己的门口植树呢，所以在 3 月 21 日，春分那天，木棉花的信徒们便荷铲提水，在仁爱公园里种下了一百多棵木棉的树苗，满怀希望，预约一个火红的春天。参加种树的家庭各认领一棵幼苗，不但全家一起填土浇水，而且以后还要定期回来护苗。有两个小姐妹都穿着木棉红的短装，戴着木棉落瓣编成的花冠，也忙着为新苗浇水：她们父母的巧思赢得其他种树人的称赞。

一排美丽而伶俐的女童子军列队在凉亭边，等着把带头的种树人领去各自的新苗之前。她们不也是青青的新苗吗？我满心愉悦地想。苏南成市长种的是一号树苗，我则被领去第二号。那天天气晴爽，不算很热，苏市长兴奋得像个大孩子，反过来领着他的那位女童子军，大呼一声“跟我来！”他铲了好多泥土填坑，对四周的市民和记者说：“这棵树就是我了，树在人在，树死人亡。你们要好好保护。”逗得大家都笑起来。

预约一个火红的春天吗？要再过几年才会成树发花呢？真令人等得心焦。但是才过了几天，就有人告诉我说，那些新苗已经有不少被人拔掉了，或是折断了。我的心凉了半截。让春天从高雄出发吗？大话是我说的。也许我是太天真了，才看到种子就幻想一片森林。如果心中没有春天，即使街上有成排的花树，空中有成群的燕子，这仍是一座冷酷的城市。如果人人都不浇别人的树，绿荫就不会来遮你的头。

就在这时，远离五福路和七贤路的滚滚红尘，在东北东的方向，在二千八百多米的南大武山影下，在一所山胞读书的小学校园里，一片百龄以上的原始木棉树林，却天长地久地矗在半空，耸着英雄木高贵的门第。

这是薛璋听来的消息。他只身下乡去探虚实，回来告诉我们说，花期已过，满树的蒴果悬在半空，不久就会迸裂，只等风来吹棉。还有，他说，那些老树都已参天，有十层楼那么高。

“真的呀？”好几双眉毛全抬了起来，没有十层楼高，却至少有一寸高。

终于一辆游览车载着我们一行二十多人，越过宽宽的高屏溪，深入屏东县境，来到雾台乡武潭小学的平和分校。正是星期天的中午，只偶然看见三两个衣着简朴肤色微黯的排湾人小孩。车未停定，蔽天的林木之间已可窥见小学的校舍。等到停定，发现入林已深，天色竟然有点暗了下来，众人下车，四下里打量，才省悟不是天变了，而是树林又密又高，丛叶虽然不是很浓茂，但是树多，一有缺口，便有更多的树围拢过来，而最触目惊心的，是那些灰褐的树干全都矗然而直，挺拔而起，几何美的线条把仰望的目光一路提上天去。

“这些——”一个昂起的头，曳着秀长的黑发说，“就是木棉树吗？”

“是啊，这些全是木棉。”黄孝棪校长说。

“黄校长以前在屏东做过教育局长，”薛璋说，“这一带每一所小学他都到过。”

“这些木棉怎么会这么高呢？”那颗昂头垂下来问道。

“哦，这些都是外国品种，相传是三百年前由荷兰人带来的。”不知是谁回答。

“林务局的人告诉我，”心岱说，“这些树是四十五年前，日据的末期种的，品种来自美洲。植了四千株，现在只剩五百多株了。”

“怪不得跟我们本地的不一样，”那颗长发之头又昂起来了，“不但高，而且发枝的姿态也是往上斜翘，不像本地的那样平伸。”

“好高啊，”另一颗头颅仰面说道，“恐怕有十层楼高吧？”

“没有十层，至少也有七八层楼高，”我说，“可惜花期已过，否则这几百棵木棉一起发作，怕要烧红半边天。”

“啊不，”薛璋说，“本地人说，这些吉贝属的老木棉开的是一丛丛的白花。现在花期虽过，蒴果却结了满树，再过不久，果都裂开，风一来，就会飘起满天的飞絮。”

“真的？”好几颗放下了的头又仰起脸来，向七层楼上扫描。果然，满天都挂着土褐色的蒴果，形状有点像甘薯，简直成百成千。

“哇，棉花就在里面吗？”几张嘴抢着问树顶。累累的蒴果并无反应，空气寂静无风。

“那么高，否则采一只下来剥剥看。”谁在埋怨。

“哪，这里有一只呢。”有人叫道，一面蹲下去捡了起来。几颗头都围了过去。那人把枯裂的棉荚剥开，里面露出一团团白中带点淡黄的棉絮，拿到嘴边一吹，几朵胖胖的小云便懒懒地飘扬起来。一时众人都低下头去，向树底的板根四周，去寻找落地的枯荚。寻获的人一声惊喜，就剥开来大吹其棉絮，只见乱云纷纷，有的浮荡了一阵落到泥地上，有的就沾上头发和衣服。远远望去，又像一群儿童在吹肥皂泡。

大家兴奋地朝前走，画眉鸟啾啭的森林浴里，来到木棉林的另一端。绿荫疏处，南大武山的翠微隐隐在望。黄校长手里捧着两只蒴果，跑过来送我；君鹤又捡到一只颜色青嫩的，说是落地不久。有人找了一只纸袋给我装起来，很快地，袋里就有了半打蒴果了。

我们走到一柱巨干的面前，细细观赏树皮的肌理。只见古拙而粗糙的表皮，瓦灰色之中带点淡赭，十分耐看，纵走的裂纹之间，长着一簇簇的尖刺，望之坚挺而犀利，有一厘米长。长得密的部分，像严阵待敌，令人想起一支巨型的狼牙棒。大家忍不住用手指去试那一排排骇目的锋芒，像在摸一件年淹代久而犹张牙舞爪的兵器。

“你看这木棉树，”我说，“刚柔都备于一身，有那么温柔的棉絮，也有这么刚烈的刺。”

“本地的木棉也有刺的，”宓宓说，“不过没有这么坚锐，倒像是脸上的疱。”

大家都笑了。我说香港的木棉也是如此。忽然树皮上有物在蠕动，其色暗褐，近于树皮。原来是一只大天牛，正在向上攀爬，触须挥舞着一对长鞭。向阳拾起一根断枝，逗弄了一会儿，好不容易才把这难缠的“锯树郎”引下树来。

我和黄校长、君鹤先后合抱住这株千刺的巨树，让宓宓照相，一面留神，不让这狼牙巨棒把我们搠成蜂窝。刚毅而魁梧的生命，用这许多硬角护住胸中同心圆年轮的秘辛，就在我们软弱的手臂间向上升举，举到不见项背的空际。拔之不起，撼之不摇，一刹那，人与树似乎合成一体，我的生命似乎也沛然向上而提升，泰然向下而锥扎，有顶天立地之概。这当然是瞬间的幻觉罢了。无根之人凭什么去攀附深根的巨树，且不说树根入地有多深多广，就看地上的板根，三褶四叠，斜斜地张着，有如怪鸟的巨蹼，虽然比不上银叶树盘踞的板根，也够壮观的了。

正想着，脚下踩着一样东西，厚笃笃的，原来又是一只蒴果。俯拾起来，沿着裂缝剥开，里面一包包尽是似绢若棉的纤维，安排得非常紧凑。再把棉絮剥开，里面就包着一粒豆大的光滑黑子。就着唇边猛力一吹，飘飘忽忽，一朵懒慵慵的白云就随风而去。只可惜吹的是口气，不是山风。午日寂寂，一点风也没有。若是起风，这朵云的飞程就会长久多了，而种子呢，当然会播得更远。我不禁想起了蒲公英。

“真应该得最佳设计奖。”我赞叹道。

“但是吹到哪里去呢？”宓宓像在问自己。

“那些小树不就是吗？”君鹤指着十码外的几株青青幼树，细干上长满了丛刺，有如玫瑰的刺茎。最令人惊奇注目的，是有些多节的断桩上，亭亭而立抽出嫩青的新干；有的新干也断了，竟长出更嫩更细的茎来，形成三代同根的奇景。先先后后，我们不都是乘风漂海而来的吗？为什么树皆有根，大地曾不吝乳汁，而人，几十年了，却无处容你落根。不知道我们是谁设计的，竟这么不够完善。

楚戈走了过来，看见我们正在指点一株三代树，断桩高可及腰，断面有椅面那么大，正围在三枝新干之间，顶上还覆着一簇簇五片的鲜绿新叶。

“太好了！”楚戈说着，脱去鞋子，径自登上桩座，靠在三干之间，盘腿闭目，打起坐来。几架摄影机向他对准。楚戈浑然不觉。

“你们看哪，木棉道人！”我说。大家笑了起来。

回程的车上，仍然有人在谈论木棉，几乎每人都带回一只蒴果。我在想，木棉的叶子并不茂密，遮阴无功。它的木质松软，只能做包装箱板。自从合成棉采用之后，它的棉絮已经没有人要收了。据说干了的花瓣以前可以做药，有助消炎。而现在，此树几乎没有什么实用价值了，它纯然是为了美而存在，花期虽然不长，比起夜深才灿发的昙花却耐久多了。当它满枝的红葩一齐烧起，火炬一般的接力赛向北传递，春天所有的眼睛全都亮了。木棉花季是醉了的视觉。凡·高死了，凡·高的灵魂在向日葵里熊熊发光。但愿木棉能找到中国的凡·高。

1987年4月18日

风吹西班牙

上面总是湛蓝的天，下面总是炫黄的地。

1

若问我西班牙给我的第一印象，立刻的回答是：干。

无论从法国坐火车南下，或是像我此刻从塞维利亚开车东行，那风景总是干得能敲出声来，不然，划一根火柴也可以烧亮。其实，我右边的风景正被几条火舌壮烈地舐食，而且扬起一缕缕的青烟。正是七月初的近午时分，气温不断在升高，整个安达卢西亚都成了太阳的俘虏，一草一木都逃不过那猛瞳的监视。不胜酷热，田里枯黄的草堆纷纷在自焚，噼啪有声。我们的塔尔波小车就在浓烟里冲过，满车都是焦味。在西班牙开车，很少见到河溪，公路边上也难得有树荫可憩。几十里的晴空干瞠干瞪，变不出一片云来，风几乎也是蓝的。偏偏租来的塔尔波，像西欧所有的租车一样，不装冷气，我们只好打开风扇和通风口，在直灌进来的暖流里逆向而泳。带上车来的一大瓶冰橙汁，早已蒸得发热了。

西班牙之干，跟喝水还有关系。水龙头的水是喝不得的，未去之前早有朋友警告过我们，要是喝了，肚子就会一直咕噜发酵，腹诽不已。西班牙的餐馆不像美国那样，一坐下来就给你一杯透彻的冰水。你必须另外花钱买矿泉水，否则就得喝啤酒或红酒。饮酒也许能解忧，却解不了渴。所以在西班牙开车旅行，人人手里一大瓶矿泉水。不过买时要说清楚，是 con gas 还是 sin gas，否则一股不平之气，挟着千泡百沫冲顶而上，也不好受。

西班牙不但干，而且荒。

这国家人口不过中国台湾的两倍，面积却十四倍于中国台湾。她和葡萄牙共有伊比利亚半岛，却占了半岛的百分之八十五。西班牙是一块巨大而荒凉的高原，却有点向南倾斜，好像背对着法国而脸朝着非洲。这比喻不但是指地理，也指心理。西班牙属于欧洲却近于北非。三千年前，腓尼基和迦太基的船队就西来了。西班牙人叫自己的土地作“爱斯巴尼亚”（España），古称“希斯巴尼亚”（Hispania），据说源出腓尼基文，意为“偏僻”。

西班牙之荒，火车上可以眺见二三，若要领略其余，最好是自己开车。典型的西班牙野景，上面总是透蓝的天，下面总是炫黄的地，那鲜明的对照，天造地设，是一切摄影家的梦境。中间是一条寂寞的界限，天也下不来，地也上不去，只供迷幻的目光徘徊。现代人叫它作地平线，从前的人倒过来，叫它作天涯。下面那一片黄色，有时是金黄的熟麦田，有时是一亩接一亩的向日葵花，但往往是满坡的枯草一直连绵到天边，不然就是伊比利亚半岛的肤色，那无穷无尽无可奈何的黄沙。所以毛驴的眼睛总含着忧郁。沙丘上有时堆着乱石，石间的矮松毛虬虬地互掩成林，剪径的强盗——叫 bandido 的——似乎就等在那后面。

法国风光妩媚，盈目是一片娇绿嫩青。一进西班牙就变了色，山石灰麻麻的，草色则一片枯黄，荒凉得竟有一种压力。绿色还是有的，只是孤零零的，点缀一下而已。树大半在缓缓起伏的坡上，种得整整齐齐，看得出成排成列。高高瘦瘦，叶叶在风里翻闪着的，是白杨。矮胖可爱的，是橄榄树，所产的油滋润西班牙人干涩的喉咙，连生菜也用它来浇拌。一行行用架子支撑着的，就是葡萄了，所酿的酒温暖西班牙人寂寞的心肠。其他的树也是有的，但不很茂。往往，在寂寂的地平线上，什么也没有，只有一棵孤树撑着天空，那姿态，也许已经撑了几世纪了。绿色的祝福不多，红色的惊喜更少。偶尔，路边会闪出一片红艳艳的罂粟花，像一队燃烧的赤蝶迎面扑打过来。

山坡上偶尔有几只黑白相间的花牛和绵羊，在从容咀嚼草野的空旷。它们不知道佛朗哥是谁，更无论八百年伊斯兰教的兴衰。我从来没见过附近有牧童，农舍也极少见到，也许正是半下午，全西班牙都入了朦胧的“歇时榻”（siesta）吧。比较偏僻的野外，往往十几里路不见人烟，甚至不见一棵树。等你已经放弃了，小丘顶上出人意料地却会踞着、蹲着，甚至匍着一间灰顶白壁的独家平房，像是文明的最后一哨。若是那独屋正在坡脊上，背后衬托着整个晚空，就更令人感受到孤苦的压力。

独屋如此，几百户人家加起来的孤镇更是如此。你以为孤单加孤单会成为热闹，其实是加倍的孤单。从格拉纳达南下地中海岸的途中，我们的塔尔波横越荒芜而崎岖的内华达山脉（Sierra Nevada），左盘右旋地攀过一棱棱的山脊，空气干燥无风，不时在一丛杂毛松下停车小憩。树影下，会看见一条灰白的小径，在沙石之间蜿蜒出没，盘入下面的谷地里去。低沉的灰调子上，感觉到有什么东西在移动。定睛搜寻，才瞥见一顶 sombrero 的宽边大帽遮住一个村民骑驴的半面背影。顺着他去的方向，远眺的旅人终于发现谷底的村庄，掩映在矮树后面，在野径的尽头，在一切的地图之外，像一首用方言来唱的民谣，忘掉的比唱出来的更多。而无论多么卑微的荒村野镇，总有一座教堂把尖塔推向空中，低矮的村屋就互相依偎着，围在它的四周。许多孤零零的瘦塔就这么守着西班牙的天边，指着所有祈愿的方向。

最难忘是莫特里尔镇（Motril）。毫无借口地，那幻象忽然赫现在天边，虽然远在几里路外，一整片叠牌式的低顶平屋，在金阳碧空的透明海气里，白晃晃的皎洁墙壁，相互分割成正正斜斜的千百面几何图形，一下子已经奔凑到你的眼睫之间，那样祟人的艳白，怎么可能！拭目再看，它明明在那边，不是幻觉，是奇观。树少而矮，所以白屋拥成一堆，白成一片。屋顶大半平坦，斜的一些也斜得稳缓，加以黑灰的瓦色远多于红色，更加压不下那一大片放肆的骄白。歌德说："色彩是光的修行与受难。"那样童贞的蛋壳白修的该是患了洁癖的心吧，蒙不得一点污尘。过了那一片白梦，惊诧未定，忽然一个转弯，一百八十度拉开蓝汹汹欲溢的世界，地中海到了。

2

西班牙之荒，一个半世纪之前已经有另一位外国作家慨叹过了。那是1829年，在西班牙任外交官的美国名作家欧文（Washington Irving），为了探访安达卢西亚浪漫的历史，凭吊八百年伊斯兰文化的余风，特地和一位俄国的外交官从塞维利亚并辔东行，一路遨游去格拉纳达。虽然是在春天，途中却听不见鸟声。事后，欧文在《红堡记》（*Tales of Alhambra*）里告诉我们说：

“许多人总爱把西班牙想象成一个温柔的南国，好像明艳的意大利那样装扮着百般富丽的媚态。恰恰相反，除了沿海几省之外，西班牙大致上是一个荒凉而忧郁的国家，崎岖的山脉和漫漫的平野，不见树影，说不出有多寂寞冷静，那种蛮荒而僻远的味道，有几分像非洲。由于缺少丛树和围篱，自然也就没有鸣禽，更增寂寞冷静之感。常见的是兀鹰和老鹰，不是绕着山崖回翔，便是在平野上飞过，还有的就是性怯的野雁，成群阔步于荒地；可是使其他国家全境生意蓬勃的各种小鸟，在西班牙只有少数的省份才见得到，而且总是在人家四周的果园和花园里面。

“在内陆的省份，旅客偶然也会越过大片的田地，上面种植的谷物一望无边，有时还摇曳着青翠，但往往是光秃而枯焦，可是四顾却找不到种田的人。最后，旅人才发现峻山或危崖上有一个小村，雉堞残败，戍楼半倾，正是古代防御内战或抵抗摩尔人侵略的堡垒。直到今日，由于强盗到处打劫，西班牙大半地区的农民仍然保持了群居互卫的风俗。”

西班牙人烟既少，地又荒芜，所以欧文在漫漫的征途之中，可以眺见孤独的牧人在驱赶走散了的牛群，或是一长列的骡子缓缓踱过荒沙，那景象简直有几分像阿拉伯。其时境内盗贼如麻，一般人出门都得携带兵器，不是毛瑟枪、喇叭枪，便是短剑。旅行的方式也有点像阿拉伯的驼商队，不同的是在西班牙，从比利牛斯山一直到阳光海岸（*Costa del Sol*），纵横南北，维持交通与运输的，是骡夫（arrieros）组成的队伍。这些骡夫生活清苦而律己甚严，粗布背囊里带着橄榄一类的干粮，鞍边的皮袋子里装着水或酒，就凭这些要越过荒山与燥野。他们例皆身材矮小，但是手脚伶俐，肌腱结实而有力，脸色被太阳晒成焦黑，眼神则坚毅而镇定。这样的骡队人马众多，小股的流匪不敢来犯，而全副武装驰着安达卢西亚骏马的独行盗呢，也只敢在四周逡巡，像海盗跟着商船大队那样。接下来的一段十分有趣，我必须再引译欧文的原文：

“西班牙的骡夫有唱不完的歌谣可以排遣走不尽的旅途。那调子粗俗而单纯，变化很少。骡夫斜坐在鞍上，唱得声音高亢，腔调拖得又慢又长，骡子呢，则似乎十分认真地在听赏，而且用步调来配合拍子。这种双韵的歌谣不外是诉说摩尔人的古老故事，或是什么圣徒的传说，或是什么情歌，而更流行的是吟咏大胆的私枭或无畏的强盗，因为这两种人在西班牙的匹夫匹妇之间都是动人遐想的英雄。骡夫之歌往往也是即兴之作，说的是当地的风光或是途中发生的事情。这种又会歌唱又会乘兴编造的本领，在西班牙并不稀罕，据说是摩尔人所传。听着这些歌谣，而四周荒野寂寥的景色正是歌词所唱，偶尔还有骡铃叮当来伴奏，真有豪放的快感。

“在山道上遇见一长串骡队，那景象再生动不过了。最先你会听到带队骡子的铃声用单纯的调子打破高处的岑寂，不然就是骡夫的声音在呵责迟缓或脱队的牲口，再不然就是那骡夫正放喉高唱一曲古调。最后你才看到有骡队沿着峭壁下的隘道迟缓地迂回前进，有时候走下险峻的悬崖，人与兽的轮廓分明地反衬在天际，有时候从你脚下那深邃而干旱的谷底辛苦地攀爬上来。行到近前时，你就看到他们卷头的毛纱、穗带和鞍褥，装饰得十分鲜艳；经过你身边时，驮包后面的喇叭枪挂在最顺手的地方，正暗示道路的不宁。”

3

欧文所写的风土民情虽然已是一百五十年前的西班牙，但证之以我的安达卢西亚之旅，许多地方并未改变。今天的西班牙仍然是沙多树少，干旱而荒凉，而葡萄园、橄榄林、玉米田和葵花田里仍然是渺无人影。盗贼呢，应该是减少了，也许在荒郊剪径的匪徒大半转移阵地，到闹市里来剪人荷包了，至少我在巴塞罗那的火车站就遇到了一个。至于那些土红色的古堡，除了春天来时用满地的野花来逗弄它们之外，都已经被匆忙的公路忘记，尽管雉堞俨然，戍塔巍然，除了苦守住中世纪的天空之外，也没有别的事好做了。

最大的不同，是那些骡队不见了。在山地里，这忍辱负重眼色温柔而哀沉的忠厚牲口，偶然还会见到。在街上，还有卖艺人用它来拖咿咿唔唔的手摇风琴车。可是漫漫的长途早已伸入现代，只供各式的汽车疾驰来去了。不过，就在六十年前，夭亡的诗人洛尔卡（Federico Garcia Lorca，1898—1936）吟咏安达卢西亚行旅的许多歌谣里，骡马的形象仍颇生动。其中给我印象最深的，是下面这首《骑士之歌》：

科尔多瓦。
孤悬在天涯。

漆黑的小马，圆大的月亮，
橄榄满袋在鞍边悬挂。
这条路我虽然早认识，
今生已到不了科尔多瓦。

穿过原野，穿过烈风，
赤红的月亮，漆黑的马。
死亡正在俯视着我，
在戍楼上，在科尔多瓦。

唉，何其漫长的路途！
唉，何其英勇的小马！
唉，死亡已经在等待我，
等我赶路去科尔多瓦！

科尔多瓦。
孤悬在天涯。

这首诗的节奏和意象单纯而有力，特具不祥的神秘感。韵脚是一致开口的母音，色调又是红与黑，最能打动人原始的感情，而且联想到以此二色为基调的弗拉明戈舞与斗牛。二十年前初读史班德此诗的英译，即已十分欢喜，曾据英译转译为中文。三年前去委内瑞拉，有感于希斯巴尼亚文化的招引，认真地读起西班牙文来。我耽于这种罗曼斯文，完全出于感性的爱好。首先，是由于西班牙文富于母音，所以读来圆融浏亮，荡气回肠，像随时要吟唱一样。要充分体会洛尔卡的感性，怎能不直接饕餮原文呢？其次，去过了菲律宾与委内瑞拉，怎能不径游伊比利亚本身呢？为了去西班牙，事先足足读了一年半的西班牙文。到了格拉纳达，虽然不能就和阿米哥们儿畅所欲言，但触目盈耳，已经不全是没有意义的声音与形象了。前面这首《骑士之歌》，当年仅由英译转成中文，今日对照原文再读，发现略有出入，乃据原文重加中译如上。论音韵，中译更接近原文，因为洛尔卡通篇所押的悠扬 A 韵，中文全保留了，英文却无能为力。

未去西班牙之前，一提到那块土地我就会想到三个城市：托雷多，因为艾尔·格列柯的画；格拉纳达，因为法耶的钢琴曲；科尔多瓦，因为洛尔卡的诗。我到西班牙，是从法国乘火车入境，在马德里住了三天，受不了安达卢西亚的诱惑，就再乘火车去格拉纳达。第二天当然是去游“红堡”，晚上则登圣山（Sacromonte），探穴居，去看吉卜赛人的弗拉明戈舞。第三天更迫不及待，租了一辆塔尔波上路，先南下摩特利穴，然后沿着地中海西驶，过毕加索的故乡马拉加，再北上经安代盖拉，抵名城塞维利亚。

而现在是第四天的半上午，我们正在塞维利亚东去科尔多瓦的途中。

蓝空无云，黄地无树。好不容易见到一丛绿荫，都远远地躲在地平线上，不肯跟来。开了七八十里路，只越过一条小溪。无论怎么转弯，都避不开那无所不在的火球，向我们毫不设防的挡风玻璃霍霍滚来。没有冷气，只有开窗迎风，迎来拍面的长途炎风，绕人颈项如一条茸茸的围巾。我们选错了偏南经过艾西哈（Eceja）的公路，要是靠北走，就可以沿着瓜达尔基维尔河，多少沾上点水汽了。

就是沿着这条漫漫的旱路跋涉去科尔多瓦的吗？六十年前是洛尔卡，一百多年前是欧文，一千年前是骑着白骏扬着红缨的阿拉伯武士，这里曾经是伊斯兰教与基督教决胜的战场，飘满月牙旗与十字旗。更早的岁月，听得见西哥特人遍地践来的蹄声。一切都消逝了，摩尔人的古驿道上，只留下我们这一辆小红车冒着七月的骄阳东驰，像在追逐一个神秘的背影。愈来愈接近科尔多瓦了，这蛊惑的名字变成一个三音节的符咒祟着我的嘴唇。我一遍又一遍低诵着《骑士之歌》：

穿过原野，穿过烈风，
赤红的月亮，漆黑的马。
死亡正在俯视着我，
在戍楼上，在科尔多瓦。

洛尔卡的红与黑，我怎么闯进来了呢？公路在矮灌木纠结的丘陵间左右萦回，上下起伏，像无头无尾的线索，前面在放线，后面在收索。风果然很猛烈，一路从半开的车窗外嘶喊着倒灌进来。死亡真的在城楼上俯视着我吗？西班牙人在公路上开车原就躐等躁进，超起车来总是令你血沸心紧，从针锋相对到狭路相逢到错身而过，总令人凛然，想到斗牛场的红凶黑煞。万一闪不过呢？今生真的到不了科尔多瓦，尤其洛尔卡不但是横死，而且是夭亡，何况我胯下这辆车真有些不祥，早已出过点事故了。

我的安达卢西亚之旅始于格拉纳达，而以塞维利亚为东回的中途站，最后仍将回到格拉纳达。昨晚驶入塞维利亚，已经是八时过几分了。满城的暮色里，街灯与车灯纷纷亮起，在凯旋广场的红灯前面刹车停下，淡玫瑰色的夕照仍依恋在老城寨上，正悠然怀古，说五百年前，当羊皮纸图上还没有纽约，伊莎贝拉女皇就是在此地接见志在远洋的哥伦布，忽然，车熄火了。转钥匙发动了几次，勉强着火，绿灯早已亮起，满街的车纷纷超我而去。这情形重复了三次，令人又惊又怒，最后才死灰复燃，提心吊胆地，总算把这匹随时会扑地不起的驽马驱策到蒙特卡洛旅店的门口，停在斑驳的红砖巷里。这事故，成为我怀古之旅正妙想联翩自鸣得意时忽地一记反高潮。晚饭后，找遍附近的街巷不见加油站的影子，更不提修车行了。那家旅店没有冷气，没有冰箱，只有一架旧电扇斜吊在壁上，自言自语不住地摇头。

"明天怎么办？"

朦胧之间不断地反问自己，而单调的轧轧声里只有那风扇在摇头。整夜我躺在疑虑的崖边，不能入眠。第二天早餐后，我存说不如去找当地的赫尔茨租车行。电话里，那赫尔茨的职员用英语说："你开过来看看。"我们开了过去，向他诉苦："万一在荒野忽然熄火，怎么办？"他说可以把车留给他们修。我说这一修不知要耽搁多久，我们等不及了。正烦恼之际，有顾客前来还车，他说："换一辆给你们如何？"我们喜出望外，只怕他会变卦，立刻换了另一辆车上路。

定下神来，才发现这辆车也是塔尔波，虽然红色换了白色，其他的装备，甚至脾气，依然是表兄表弟。在出城的最后一盏红灯前，啊哈，同样熄了一次火。居然劝动它重新起步，而且一口气喘奔了两个多钟头，但是危机感始终压在心头。睡眠不足的飘忽状态中，昨夜的风扇又不祥地在摇头。不久风扇摇成了风车，巨影幢幢而不安，而胯下这辆靠不住的车子也喘啊哮啊，变成了故事里那匹驽马，毛长骨瘦的洛西南代（Rocinante）。念咒一般，我再度吟哦起那祟人的句子：

死亡正在俯视着我，

在戍楼上，在科尔多瓦。

于是西班牙的干燥与荒凉随炎风翻翻扑扑一起都卷来，这寂寞的半岛啊，去了腓尼基又来了罗马，去了西哥特又来了北非的伊斯兰教徒，从拿破仑之战到三十年代的内战，多少旗帜曾迎风飞舞，号令这纷扰的高原。当一切的旌旗都飘去，就只剩下了风，就是车窗外这永恒的风，吹过野地上的枯草与干蓬，吹过锯齿成排的山脉与冷对天地的雪峰，吹过弗拉明戈的顿脚踏踏与响板喀喇喇，击掌紧张的噼噼啪啪，弦声激动的吉他。

1986 年 8 月 7 日

山国雪乡

一入瑞士，就觉得这国家安详而有条理。

1

去年夏天在西德的高速路上，看到许多车辆的尾部挂着 CH 的车牌，再也猜不出究竟是代表什么国家。不会是捷克，更不可能是中国，那，到底是哪一国呢？今年五月去瑞士，看到满街的车子都标着这两个字母，才悟出是代表这中欧的小国。但为什么是 CH 呢，却想不通。直到有一天，我在瑞士的一毛钱币上看到这山国的拉丁文国号 Confoederatio Heletica。原来瑞士古称海尔维西亚（Helvetia），乃罗马帝国的一省。瑞士钱币的两法郎、一法郎、半法郎上，只有这古称而无今名，和它的邮票一样。

如果你仔细看，就发现那钱币上有二十二颗星，因为瑞士联邦今日虽有二十六个州，一度却由二十二州组成。要了解异国的特色，有很多方式，有人欢喜集邮，我却欢喜收集钱币和钞票。在苏格兰，一镑的钞票上是小说家司各特的画像，五镑的上面是诗人彭斯。在法国，十法郎上印着作曲家柏辽兹，浓发飞舞，正扬着一根指挥杖，二十法郎上是作曲家德彪西，背景是海波起伏，隐然可闻交响诗 *La Mer* 的旋律。西班牙的百元钞面是音乐家法耶的清瘦面容。瑞士的钞票上却是另一种人：十法郎上印的是十八世纪的数学家欧拉（Leonhard Euler），二十法郎上是十八世纪的物理学家兼地质学家梭修（Horace-Benédict de Saussure），至于百元法郎上，却是一位外国人，意大利的建筑家波罗米尼（Francesco Borromini）。由此可见瑞士人比较崇拜科学家，否则瑞士籍的大画家克利（Paul Klee）不至于上不了钞票。

从钞票上还可见瑞士的另一特色，那便是语文的多元性。德文、法文、意大利文在瑞士都是法定的语文，使用的人口比例依次是百分之六十五、百分之十八与百分之十二。使用德文的人虽多，但对少数语文颇为尊重。联邦政府的公告例皆三种文字并列，而联邦的公务员也必须擅操其二。至于地方政府，则可视实际情况，在三语之中，指定一种为正式语文，专作行文通告之用。例如我去参加笔会的所在地卢加诺（Lugano），属提契诺州（Ticino），居民说的是伦巴第腔的意大利语，因此意文就是该州的法定文字。我在卢加诺一个礼拜，耳濡目染，也趁机学了几打单字，可是在当地的电视上听约翰·韦恩满口的意大利语，却感到十分滑稽。

瑞士的钞票上，正面印着法文与意文，例如二十法郎的钞票，正面就标明 Vingt Francs Venti Fanchi；反面却标明 Zwanzig Franker，Vantg Francs，前者当然是德文，后者呢，却是瑞士的第四种语文，只有六万人使用，叫作罗曼什（Romansch），乃承袭拉丁文而来的山地方言。在同一张钞票上，

“瑞士国家银行”的国名“瑞士”，也是四种文字并列，依次是 Suisse（法文）、Svizzera（意文）、Schweiz（德文）、Svizra（罗曼什语）。中文的瑞士显然来自法文。

瑞士的地图也是如此。在同一张地图上，西部的湖，在法语地区，就叫作 lac，例如日内瓦湖就叫 Lac Léman。北部和中部的湖就用德文的 see，例如君士坦斯湖英文 Lake Constance，瑞士地图上却叫 Bodensee。南部的湖则用意大利文，例如卢加诺湖叫 Lago di Lugano。这种纷然杂陈的语文状态，对于一般游客当然颇不方便，但对于喜欢文字的人，却十分有趣。

尽管瑞士有四种语文，在公共场所英语却颇流行，所以能讲英语的游客在瑞士，远比在法国和西班牙方便多了。

2

一入瑞士，就觉得这国家安详而有条理，一切都按部就班，像一只准确的表。自从神圣罗马帝国以来，瑞士的历史就没有发生过什么惊天动地的大事。有人戏言，威廉·退尔射中自己儿子头上的苹果，是唯一可观的壮举，而威廉·退尔并非正史的人物。四百年来，这山国未遭重大战乱。1847年，激进派与天主教各州之间的内战，历时甚短，只死了一百二十五人。从1815年的《巴黎条约》到现在，瑞士已经维持了一百七十二年的中立。

一个国家要确保中立，得有中立的本钱：武力。瑞士的和平靠她的军备来支持。每位男子在十八岁到二十岁之间，要服三个月的兵役，役满即为后备军人，一直到五十岁，每年还要接受两个星期的军训。我在苏黎世机场候机，就看到附有英文的告示，说本地正在军事演习之中。据说山区也常见行军。后备军人的制服和枪弹都藏在家里，一旦国家有警，便可立刻应召。1940 年纳粹气焰高涨，吉桑将军（General Guisan）在联邦发祥地吕特利（Rutli）召集全国的军官，向希特勒展示兵力。除此之外，瑞士从未全国动员。世界各国谁敢像瑞士这样藏械于民呢？令人佩服的是，瑞士家家有枪，却没有人拿来私用。

从社会生活到政治制度，看得出瑞士人在各方面都是富于理性的民族，一方面在民主自由的制度下容忍异己，尊重他人，一方面在守法的精神下表现自尊。在政治上，联邦政府只掌管外交及关税一类的大事，其他事务多由地方政府自主，所以瑞士各州的自主权大于美国各州。一个人必须先取得瑞士某州的公民资格，才能成为瑞士公民。在宗教上，奉新教者占百分之五十三，奉天主教者占百分之四十五，但各州可以择定其一为正教，也可以一视同仁。德文、法文、意文虽然并为法定语文，各州却可以认定一种来使用。据说车上的司机或守卫在跨越州界的时候，话才讲到一半，竟然会改口说另一种语言。

在可以选择的时候，瑞士人崇尚自由。在不容选择的时候，他们却十分守法。例如抗生素之类列入管制的药品，药房里明明有货，就绝对不肯出售。我存在卢加诺生病，向一家药房买这种药，店员告以必须有医师的处方才敢出售。终于在药房的推荐下，我存还是去看了一位会说英语的医生。

搭乘公共汽车，要向站牌旁边的售票机投钱买票，可是上下车都不验票。若是突击抽查时发现无票，就要罚六十倍，而且是当场付现。我们在卢加诺乘了一星期的公共汽车，从来没见抽查，但是人人都买票上车。瑞士人不收小费，他们认为一分钱一分货，必须公平交易。有一次我在火车站的行李间赏两法郎给站员做小费，他立刻有礼而又坚决地退还给我，令我印象深刻。

守时，是瑞士人的另一美德，所有交通工具都是明证。公共汽车司机总是手扶方向盘，脚点油门，眼睛注视着电子钟，按秒行车。时间一到他立刻开车，宁可在驶了一二十米后再停下来，等待迟到的乘客。瑞士人守法，在观念上与其说是为了尽公民之职，不如说是为了追求凡事做得正确，而使人人得益。精确与可靠，正是瑞士人精神之所在。小而至于钟表，大而至于十五千米长的隧道，都给瑞士人一板一眼做得天衣无缝。欧洲的铁轨纵横，交会于瑞士，苏黎世的火车站在最忙的季节，一天要指挥近千的班次进出。

瑞士与奥地利同为高踞欧洲屋顶的两个小山国，也同为与世无争的中立国。奥地利在七十年前由帝国改成共和，二十二年前更由被人占领的战败国改成中立国，其历史早由绚烂归于平淡，而立国之道也逐渐趋向瑞士，朝精密与可靠的工业发展。然而在心底，奥地利人仍旧神往于亲切闲适之境（德文所谓 Gemütlichkeit）。毕竟维也纳曾是建筑与音乐之都，除巴赫以外，西方古典音乐大师不是生在奥地利，就是在奥地利成长；更不论无调音乐的重镇，全由奥地利一手包办了。至于现代文学，光辉的名字也有里尔克、慕西尔（Rebert Musli）、卡夫卡、卡内提。对比之下，瑞士只举得出一位作曲家：霍内格（Arthur Honegger），但在文学上却举不出一位对等的大家。常有人说，瑞士人在驯服山岳之余，把自己也驯服了，乃以精确的效率为务，不学奥地利人的奔放飞扬。可是天哪，能驯服磅礴凛冽的阿尔卑斯，不也是英雄吗？

3

瑞士贫于天然资源而富于风景，不但多山，而且多湖。和意大利接壤处有三个大湖，其中最小的一个，有一角伸入意大利境的，是卢加诺湖，面积五十平方千米，状若歪斜的K形。沿岸有十几个村镇，最大的是北岸的卢加诺，人口三万，为提契诺州的旅游名胜，国际笔会第五十届年会在此召开。此地离意大利不过半小时的车程，加以居民与意大利人同种，且说意大利语，可谓典型的边城，所以本届年会的主题就叫作“作家与边界文学”（Scrittori e letterature frontiera）。

瑞士地高，位于阿尔卑斯南坡的这湖，水面也海拔二百七十一米。卢加诺镇背山面湖，斜在一片坡上，下面是一泓波动的水光，向东北和南面伸展，四围高峻的山势也压它不住。沿湖的人行道很长，有修剪整齐的菩提树接荫遮顶，堤边泊着许多艇船，正是散步的大好去处，因此行者不绝。像中欧的一般小镇一样，市中心是一片红顶的楼屋，高度皆在六层上下，别有一派妩媚而热闹的生气。愈往南走，白屋就愈多，到了南郊的天堂村（Paradiso），就变成亮眼的粉白。这人行道左湖之西岸，东望湖水尽头，有两山峻斜入水，壮人心目，北岸的一座是一侧峰，布瑞山，南岸是一座横岭，麓脚交叠之处想是湖水蜿蜿向北延去。走到天堂村的渡船码头，东望交叠的山脚，正好分开，却又露出更多的层峰叠岭，重重复复，在背后探出头来。但这些交错的峦头毕竟太小了，禁不住远处的雪山一推，只好纷纷向两旁让开，露出上首主客的高贵白头。

我们住在天堂村的欧罗巴旅馆三楼，落地长窗外的阳台正对着东北偏东的这一片湖景，潋滟的波光一路晃进房来，所以旅馆就名为 Europa au lac。群山开处昂起头来的雪山，白矗远空，体魄宏伟，横亘的山势耸着两座巨首，那博大的气象不由人不肃然起敬。湖上的气候多变，早晚的气温会降到八九摄氏度，出门得披上大衣。那雪山在阴天与远空泯化一体，或为近雾所遮，茫然不可指认。天色一晴，赫然，它便闪现在空际，遥遥君临着湖景，可远瞻而不可近亵，成为一个神圣的标记。

湖上下过几场大雨，来势可惊，北岸当头的布瑞山，绿荫与红楼高下掩映的，一下子就吞入白蒙蒙的雨气里了。下雨也有好处，因为第二天高山积雪加深，就更皑皑夺目。若是一连晴天，积雪渐融，山顶就只剩下纵横的白纹如网，不复一片皓皓了。湖上北望，在布瑞山的左后方，约当四十度的仰角，还有两座雪山前后交辉，也是晴则减白，雨则积厚，像变戏法一样。对比起来，还是东北偏东的那一脉雪山，远在两排青山的缺口守住这湖镇的岁月，更觉壮观。夫妻两人望之不足，全被它所慑所祟，不由自主。我没受过目测训练，不能决定它到底有多远。那种气派，至少在五十千米外吧？我在瑞士地图上，从卢加诺向东北东沿界尺画了一条红线，觉得线上的高峰，从二千六百零九米的雷尼奥奈（Mte Legnone）到四千零四十九米的贝尔尼纳（Piz Bernina）都有嫌疑。为了要留下它庄严的法相，有一天清晨，不到六点我们就冒着风寒去湖边支架守候，在金曦初动的一瞬，摄下它接受万山朝拜的威仪。阿尔卑斯南坡的夏晚颇长，我存的镜头更守到八点三刻，等夕照把山头的皑白染成一片魔幻的淡蔷薇色，层叠的石棱投影有如复瓣。益信莫奈所说的形不长在，色不长存。

天堂村的天空反而比别处窄小，因为有一座孤峰，树色苍苍，石貌岸然，毫无借口地平白竖起，霸占了它南面的空间。一连几天扭脖子回头，辛苦地瞻仰而难见其项背。只见云和鸟一到了它背后，就没有了下文。后来才知道它叫作圣萨尔瓦多山（Monte San Salvatore），与布瑞山南北对峙，平分了阴晴的天色，守卫着下面的卢加诺，像一对简纳斯门神。瑞士多山，招来全世界的山客，所以到处都有缆车（当地人叫 funicolare），也是瑞士人拿手的一大工程。终于等到了一个晴朗的早晨，我们便到山麓的缆车站去候车登山。

缆车半小时就有一班，双程票每人十法郎。车厢陡斜，但座位保持水平，有如上楼的梯级，所以乘客仍可从容观览，不须幻觉天翻地覆。钢缆紧张地拔河，朱红色的缆车便攀天梯而上，平平稳稳就深入了丛阴，只觉一股寒气袭肘而来，挟着石气和松杉的清香。平地今晨的气温只有八度，这上面，恐怕又低两三度了。

“你看那下面！”我存叫起来。

树隙间，卢加诺镇一堆堆明丽的红屋都落到脚下去了，远处的群山和其后的雪峰竞相簇起——正神往之际，缆车已到山腰的中途站，寥落的乘客步下月台，转到另一辆红车上，以更陡危的仰角被提上天去。“失势一落千丈强”，韩愈的句子忽然威胁着我。这样不停地提——升，不，提拔，要把人提到哪里去呢?

我们步出车厢，走出松林，登上四方的瞭望台。两人不约而同，大惊小怪地迸出一声“啊”来。

全世界都落在脚下了，卢加诺、天堂村、卡斯塔尼奥拉、美丽迪，全匍匐在绝壁一削的山脚，一角白石就遮去了半个小镇。圣萨尔瓦多把我们抬举到他的额顶，到了这高度，能跟我们在同一层次对话的，只有四周这些头角峥嵘的青山了。左近的布瑞山，红楼错落，散布坡间，隐隐可见一线缆车道斜上山去，像柯勒律治所说的放宕之罅（romantic chasm）。这座山当然是认得的，但是它肩后巍然崛起、体魄显然更大一号的，是波利亚山吗？转身朝南，有长桥东西凌波，去意大利的车辆必经之地；桥对面一山突兀，有唯我独耸之概，湖水拗它不过，只好左右分蓝，回绕而去，它，就是圣乔治山吗？我拿着一张地形图，蟪蛄不识春秋，妄想结交这些山岳的长老，为天地点名。

更不可高攀的是，即使在此高度，也徒然仰羡的，皑皑不绝，白耀今古的雪山。这些山中之圣、石中之灵，拥着纯净得近乎虚无之境，守着天地交接的边疆，把同侪的对话，越过下面的簇簇青山，提高到雪线以上。怪不得什么都听不到了，血肉的年龄怎能去高攀地质学的什么代什么纪呢？登高望远，不但是空间的突破，间接地，也是时间的再认。风景可以是一面镜子，浅者见浅，深者窥深，境由心造，未始照不出一点哲学来。

4

我们去了两趟意大利。这种便游（side trip）算是瑞士之旅的花红。

一趟是去米兰的拉斯卡拉歌剧院听音乐会。那天天色转阴，湖风颇凉，四辆旅游车满载笔会作家动身时，已经快六点了。越过卢加诺湖后，沿着东岸南行，峰回湖转，风景兼有明媚与雄奇之胜。穿过两个隧道，便进入意大利境了，海关也不曾上车来查阅护照。一个半小时后就到了米兰，停车在歌剧院前。

拉斯卡拉的内厅并不算大，却很高，楼座的包厢共有六层，加起来，那全面的立体感就很高大了。地上铺着巨幅的深红厚毯，座位全是红绒，映着金黄的一层层壁灯和大吊灯，气氛温暖而华丽，恍若回到威尔第的时代。楼下专为招待笔会作家，楼上则是一般听众，不久下面的几层也满座了，顶层甚至也有客高栖而俯眺。各层的听众彼此眺望，已经够热闹的了，令人想起十九世纪的多少故事。包厢里有些盛装的女客真说得上是美人，使我悠然怀古，念及朱丽叶和特蕾莎（Teresa Guiccioli）。

那晚的音乐会不是歌剧，而是钢琴独奏，颇令人失望。钢琴家是刁烈（Francois-Joël Thiollier），一共奏了哈摩、舒伯特、肖邦、李斯特、德彪西、拉维尔等的十二首琴曲，技巧虽然纯熟，却嫌下手太重，像有意凌虐钢琴，大家都震得有点耳麻。倒是在谢幕安可时饶的一首小品，只用左手轻敲，反而滴溜清脆，令人饱享耳福，报以掌声。散场时，大家在外厅披衣等人，一面依依回顾两壁雕刻的罗西尼、威尔第、奥芬巴赫，并仰望正门楣上的托斯卡尼尼。

另一趟是去科莫（Como），因为更近，所以一下午便可来回。科莫湖比卢加诺湖大三倍有余，全在意大利境内，科莫城就在湖之南端，除湖景外，并以市场与大教堂闻名。车在爱国英雄加里波第的铜像前停下，我们就走进门口的万堡，入了号称无物不备的市场。除了一家店门口挂着一排肥大如瓦斯筒的沙拉米香肠外，并不觉得这市场怎么特别。我们在一家礼品店里买了几个大理石粉塑造的娃娃和配色奇丽的领带，发现店方美金与瑞士法郎都收，找给我们的却是里拉。虽然商品的标价动辄五位数字，一千二百里拉其实只合一美元。在回程的车上，检视找来的零币，发现五百里拉的钱币（约值台币十二元）竟有二色，内圆金光耀眼，外面的一圈却闪着银辉，或有日月双轮的寓意。我从未见过哪一国的零币设计得这么别致。

科莫的大教堂建于十四世纪末年，里外都显得古旧了。浅青绿色的隆然圆顶令我想起伦敦的圣保罗大教堂，一行鸢尾形的十字架沿着屋脊的斜坡爬向塔楼，五月的白罗纱云在后面飘卷而过，衬得塔上的圣徒益发像在风里飞了。意大利的青空，六百年来都像这么温柔的吗？里面，却暗得多了。从外界嚣烦的市声与世尘进来，忽然什么全静了下去，是怎样的解脱？就这么坐在信徒的长椅上，承受着各种阴影交叠而来体贴地微妙地覆在心头的感觉，那重量，有一点像圣乐的打击。就这么坐在暗里，让七彩的玻璃长窗引来中古的天国之梦，空间泛浮着，啊，蜡烛的淡香。蜡烛是真的，三百里拉就可以捐一支，插到两厢的烛坛上去，为那千烛并列的柔黄光晕再添一蕊心香。面对这一长列的整齐烛火，我进入了催眠的恍惚：在科隆的大教堂里也曾这样。

5

从苏黎世来卢加诺，我乘的是瑞航的小客机，半小时的行程飞得却不低，因为下面不是等闲，是阿尔卑斯，欧洲的屋顶，众山之根。那是我眼睛最忙的半小时了。盘踞大半个瑞士，还要探爪摆尾到意大利、奥地利去，那么一大盘轮轮囷囷的来龙去脉，从一尺半的窄窗里回首俯瞰，中间阻挡着一角机翼，还有谁愚蠢的大头——原谅我的不耐——怎么觑得真切呢？最高兴是转弯时机翼一沉，窗口正对着雪山，积雪之白与峭壁之黑形成惊心动魄的对比，那傲岸与磅礴，令人胸口紧压。可惜机翼立刻又举平了，天启甫开即闭。半小时的飞行，倒有二十五分钟是浮在那一片耀眼的雪光之上，令人兴奋而不安。但是看呢，却没有看够。

所以回程便改乘火车。俯视不足，便用仰观补偿。

行前两天，我们怀着乘自强号的心情去山上的火车站预购车票。

“后天去苏黎世？”窗口的站员问道，“为什么要预订车票呢？”

“怕人会挤呀！”我说。

“怕人挤吗？”他惊讶地笑了，“在瑞士的火车上？”

走的那天是星期天，清早七点半，我们就坐计程车赶到火车站，准备乘七点五十五分的直达车去苏黎世。站员问我要头等还是二等。

“二等人挤吗？”我问。

“不会的。”他又笑了。

“那我们要两张二等。”

“每张是四十三法郎，”他说，“你们是去苏黎世还是苏黎世国际机场？”

“当然是到 Zürich-Flughafen。”

他把票给我们，并且指示我们去左边的柜台寄存行李。行李间的女职员听我们说要去苏黎世赶下午的瑞航去香港，接过我们的机票，看清楚行程之后，把两张托运收条钉在机票上。

“好了。”她说。

“我们到苏黎世车站再提行李吗？”我不安地问她。

“不是的，行李会跟你们上飞机，”她说，“你们到香港那头，当场去取就行了。托运费每件十八法郎。”

“这么方便？值得，值得！”我再三说。

于是我们拎着小手提袋，轻轻松松地上了火车。刚刚坐定，车就开了。可容五十人的长车厢，只零落坐了五六个人。这就是我们担心的“挤”，想着，不禁相对而笑。瑞士的面积比中国台湾至少大两个县，而人口只有六百三十万，凭什么要摩肩接踵。火车上不但人少，座位也比自强号宽，坐垫厚实，色调灰而雅，两座之间的扶手可以推贴椅背。车行迅捷而平稳，而且不播音乐。

半小时后，车到提契诺的州府贝林佐纳，过此，便沿着提契诺的清流，贴着列芬蒂娜狭长的谷地攀缘北上。隧道成串而来，对峙的山势渐渐峻拔，形貌也益见险怪。毕竟是阿尔卑斯向阳的南坡，雪山还不太多，所积也不太厚，却已教我们够兴奋了。众山的来势回龙转脉，簇峰攒岭，相牵相引而层出不穷。高高在上的山国，春天来得也较迟。已经是五月中旬了，半山的杉柏一半嫩绿，另一半仍然深苍。这一带的绝壁往往一落数百米，全是整幅的岩石，筋骨暴露在半空，复层的地质如神斧一劈剖开。几乎每转三五个峰头就有瀑布从高崖上孤注而来，一线白光耀人眉目，落山后就不见了，想必是汇入了浅浅的提契诺山溪。看得出那溪水是怎么冰清彻骨，因为那是高处雪姑的化身。

铁轨与公路或平行或交错，在别无余地的列芬蒂娜窄谷里一路迤逦相随。有时公路落在坡下，来路与去向可以指点俯览。有时公路凌空而过，仰窥只见一丛雄伟的浅灰桥柱拔上天去，像撑起一座巍峨的牌坊。公路也是现代的穿山甲，和铁轨并进的时候，就可以看见隧道的黑口怎么一口就把北上的汽车吞没，又在山的后头再吐出来。我们的眼睛当然没有闲着，不知该惊叹造物的造山运动，还是瑞士人的穿山技巧。惊喜之情更因车行之速而增加，山头累累而来，乍起的兴奋立刻被后面的震撼所取代。

地势渐行渐高，连轮下的谷地也海拔快上千尺。等到车速缓了下来，我们知道圣戈特哈德隧道（St. Gotthard-Tunnel）到了。这隧道长十五千米，最高点为一千一百五十四米。一百年前，瑞士的工程师与阿尔卑斯争地，硬是顶撞山神，在它最坚最顽的痛处，锵锵然穿凿而过，南北一孔相通，山豪与石霸从此再不能垄断一切了。

"'地崩山摧壮士死，然后天梯石栈相勾连'，"我对她说，"要是李白跟我们一起来了，不晓得会兴奋成什么样子。"

"真想知道，他会写怎样的一首七绝。"她笑笑说。

"这隧道嘛，"我想了一下，"该让韩愈来写，他会写得怪中有趣。李白，可以写洞外的雪山。"

"这火车愈走愈慢了。"她说。

"因为它也在地下爬坡。"我说。

车厢里的灯早亮了，阴影在阒冥的洞壁上扑打如蝙蝠。五分钟过去了，长若中古。窒息感、恐闭症，我们在山的隐私里愈陷愈深。忽然有异声自彼端传来，先是低弱而迟疑，继而沉重又坚定。高频率的嚣嚣迎面而来，扫肩而过，一时光影交错，在封闭的长洞里南下的列车迅闪而逝，把回音搅成一盘旋涡。就这么交了两班来车，九分钟后，我们冲回白天，进入另一个瑞士。

这漫漫的圣戈特哈德隧道，九分钟之短十四点五千米之长的地下之夜，贯穿了南北两个瑞士，洞南说的是意大利语，母音圆融，洞北说的却是德语，子音杂错。同样是山，洞以南叫 monte，洞以北却变成 berg。刚才入洞处的小镇名艾罗洛（Airolo），出洞口的小镇却叫安德马特（Andermatt），只听发音就晓得别有天地。

北边的安德马特海拔比艾罗洛高出二百七十二米，可见隧道是向北上升。一出北口，雪山便成群结队而来，一峰未过，一峰又起，那么多尊白皓皓的高头，都在同侪的耸肩之后俯窥着我们，令人不安。其实，那只是幻觉而已。顶天立地的阿尔卑斯群峰，岩石之长老，山岳之贵族，凛冽而突兀的高龄与神同寿，目中怎会有人呢？我的白发抵抗时间之风，还能吹多少年呢？它们的白头，昂其冰坚雪洁，在永恒之镜中却将常保其威严。

峰回车转，皑皑不断，天都给照白了。左右两边都有成排的雪山叠肩压来，令人难以兼顾。好在座位大半空着，由得我们这两位山癫一会儿抢到左窗，一会儿跳去右窗，带着半抑的惊诧，诉说断断续续的叹赏。有的白峰崖岸自高，昂然天外，似乎不屑与他山并驱，无论火车怎么兜绕，都不改容。有的远看为峰，傲挺着孤僻，近前来时却伸展成壮阔的横岭，斜曳着长长的雪坡。有的不是一座峰，是一簇峰头聚在一起，中间平铺着白洁无瑕的雪台。而真正耐看的，不是雪山纯白一片，而是绝壁向阳，留不住积雪，几幅黑壁就层次分明地刻画了出来。每一座都值得细细瞻仰，但哪能让你从容低回呢？隧道一条接一条兜头罩过来，吞去了浩瀚的雪景。隧道若短，出洞时迎你的仍是送你进洞的同一座山；若是长呢，洞口早已换了天了。

瀑布仍然是有的，却冻成百尺的冰河了。至少表面是如此，冰壳下面仍然有涓涓细流，太阳出来时，冰壳会化出一个窟窿，喷出小瀑布来。

再往北走，渺漫的水光便横陈在左窗，雪山之阵总算让出一片空间来。两汪长湖夹着中间一泓小湖，依次是乌纳湖（Urner See）、潦泽湖（Lauerzer See）、楚格尔湖（Zuger See）。隔着水镜看山，正看加上倒看，实者已经若幻，虚者更增一层飘逸之美。隔水看雪山，可以尽其山势，纵观全景，不像局在山脚下难见项背。加以湖长而山多，一路畅看过去，真是肺腑满冰雪了。

过了楚格尔湖，绿肥白瘦，雪山不再成群来追。我们带着满足的疲倦，定下神来，靠回高高的椅背。火车穿过平野的茫茫白雾，驶向苏黎世城。最后，我们走出火车站，却发现不是地面，是地底。我们乘电梯升上去，门开处，已经在国际机场里了。

1987 年 6 月 24 日

海　缘

爱海的人，只要有机会，总想与海亲近。

1

曹操横槊赋诗，曾有“山不厌高，海不厌深”之句。这意思，李斯在《谏逐客书》里也说过。尽管如此，山高与海深还是有其极限的。世界上的最高峰，珠穆朗玛峰，海拔是八千八百四十八米，但是最深的海沟，所谓马里亚纳海沟（Mariana Trench），却低陷一万一千〇三十四米。把世上蟠蜿的山脉全部浸在海里，没有一座显赫的峰头能出得了头。

其实也不必这么费事了。就算所有的横岭侧峰都穿云出雾，昂其孤高，在众神或太空人看来，也无非一钵蓝水里供了几簇青绿的假山而已。在我们这水陆大球的表面，陆地只得十分之三，而且四面是水，看开一点，也无非几个岛罢了。当然，地球本身也只是一丸太空孤岛，注定要永久漂泊。

话说回来，在我们这仅有的硕果上，海洋，仍然是一片伟大非凡的空间，大得几乎有与天相匹的幻觉。害得曹操又说：“日月之行，若出其中。星汉灿烂，若出其里。”也难怪《圣经》里的先知要叹道：“千川万河都奔流入海，却没有注满海洋。”豪斯曼更说：“滂沱雨入海，不改波涛咸。”

无论文明如何进步，迄今人类仍然只能安于陆栖，除了少数科学家之外，面对大海，我们仍然像古人一样，只能徒然叹其敻辽，羡其博大，却无法学鱼类的摇鳍摆尾，深入湛蓝，去探海里的宝藏，更无缘迎风振翅，学海鸥的逐波巡浪。退而求其次，望洋兴叹也不失为一种安慰：不能入乎其中，又不能凌乎其上，那么，能观乎其旁也不错了。虽然世界上水多陆少，真能住在海边的人毕竟不多。就算住在水城港市的人也不见得就能举头见海，所以在高雄这样的城市，一到黄昏，西子湾头的石栏杆上，就倚满了坐满了看海的人。对于那一片汪洋而言，目光再犀利的人也不过是近视，但是望海的兴趣不因此稍减。全世界的码头、沙滩、岩岸，都是如此。

中国的海岸线颇长，加上台湾岛和海南岛，就更可观。我们这民族，望海也不知望了多少年了，甚至出海、讨海，也不知多少代了。奇怪的是，海在我们的文学里并不占什么分量。虽然孔子在失望的时候总爱放出空气，说什么“道不行，乘桴浮于海”，害得子路空欢喜一场，结果师徒两人当然都没有浮过海去。《庄子》一开卷就说到南溟，用意也只是在寓言。中国文学里简直没有海洋。像曹操《观沧海》那样的短制已经罕见了，其他的作品多如李白所说：“海客谈瀛洲，烟涛微茫信难求。”甚至《镜花缘》专写海外之游，真正写到海的地方，也都草草带过。

西方文学的情况大不相同，早如希腊罗马的史诗，晚至康拉德的小说，处处都听得见海涛的声音。英国文学一开始，就嗅得到咸水的气味，从《贝奥武夫》和《航海者》里面吹来。中国文学里，没有一首诗写海能像梅斯菲尔德的《拙画家》（*Dauber*）那么生动，更没有一部小说写海能比拟《白鲸记》那么壮观。这种差距，在绘画上也不例外。像席里柯（Théodore Géricault）、德拉克洛瓦、透纳等人作品中的壮阔海景，在中国画中根本不可思议。为什么我们的文艺在这方面只能望洋兴叹呢？

2

我这一生，不但与山投机，而且与海有缘，造化待我也可谓不薄了。我的少年时代，达七年之久在四川度过，住的地方在铁轨、公路、电话线以外，虽非桃源，也几乎是世外了。白居易的诗句“蜀江水碧蜀山青”，七个字里容得下我当时的整个世界。蜀中天地是我梦里的青山，也是我记忆深处的“腹地”。没有那七年的山影，我的“自然教育”就失去了根基。可是当时那少年的心情却向往海洋，每次翻开地图，一看到海岸线就感到兴奋，更不论群岛与列屿。

海的呼唤终于由远而近。抗战结束，我从千叠百障的巴山里出来，回到南京。大陆剧变的前夕，我从金陵大学转学到厦门大学，读了一学期后，又随家庭迁去香港，在那海城足足做了一年难民。在厦门那半年，骑单车上学途中，有两三里路是沿着海边，黄沙碧水，飞轮而过，令我享受每一寸的风程。在香港那一年，住在陋隘的木屋里，并不好受，却幸近在海边，码头旁的大小船艇，高低桅樯，尽在望中。当时自然不会知道：这正是此生海缘的开始。隔着台湾海峡和南海的北域，厦门、香港、高雄，布成了我和海的三角关系。厦门，是过去式了。香港，已成了现在完成式，却保有视觉暂留的鲜明。高雄呢，正是现在进行式。

至于台北，住了几乎半辈子，却陷在四围山色里，与海无缘。住在台北的日子，偶因郊游去北海岸，或是乘火车途经海线，就算是打一个蓝汪汪的照面吧，也会令人激动半天。那水蓝的世界，自给自足，宏美博大而又起伏不休，每一次意外地出现，都令人猛吸一口气，一惊，一喜，若有天启，却又说不出究竟。

3

现在每出远门，都非乘飞机不可了。想起坐船的时代，水拍天涯，日月悠悠，不胜其老派旅行的风味。我一生的航海经验不多，至少不如我希望的那么丰富。抗战的第二年，随母亲从上海乘船过香港而去安南。大陆剧变那年，先从上海去厦门，再从厦门去香港，也是乘船。从香港第一次来台湾，也是由水路在基隆登陆。最长的一程航行，是留美回来时横渡太平洋，从旧金山经日本，沿台湾岛东岸，绕过鹅銮鼻而抵达高雄，历时约为一月。在日本外海，我们的船，招商局的海健号，遇上了台风，在波上俯仰了三天。过鹅銮鼻的时候，正如水手所说，海水果然判分二色：太平洋的一面墨蓝而深，台湾海峡的一面柔蓝而浅。所谓海流，当真是各流各的。

那已是近三十年前的事，后来长途旅行，就多半靠飞而不靠浮了。记得只有从美国大陆去南太基岛，从香港地区去澳门地区，以及往返英法两国越过多佛尔海峡，是坐的渡船。

要是不赶时间，我宁坐火车而不坐飞机。要是更从容呢，就宁可坐船。一切交通工具里面，造型最美、最有气派的该是越洋的大船了，怪不得丁尼生要说 the stately ships。要是你不拘形貌，就会觉得一艘海船，尤其是漆得皎白的那种，凌波而来的闲稳神态，真是一只天鹅。

站在甲板上或倚着船舷看海，空阔无碍，四周的风景伸展成一幅无始无终的宏观壁画，却又比壁画更加壮丽、生动，云飞浪涌，顷刻间变化无休。海上看晚霞夕烧全部的历程，等于用颜色来写的抽象史诗。至于日月双球，升落相追，更令人怀疑有一只手在天外抛接。而无论有风或无风，迎面而来的海气，总是全世界最清纯可口的空气吧。海水咸腥的气味，被风浪抛起，会令人莫名其妙地兴奋。机房深处沿着全船筋骨传来的共振，也有点催眠的作用。而其实，船行波上，不论是左右摆动，或者是前后起伏，本身就是一只具体而巨的摇篮。

晕船，是最煞风景的事了。这是海神在开陆栖者的小小玩笑，其来有如水上的地震，虽然慢些，却要长些，真令海客无所遁于风浪之间。我曾把起浪的海叫作“多峰驼”，骑起来可不简单。有时候，浪间的船就像西部牛仔胯下的蛮牛顽马，腾跳不驯，要把人抛下背来。

4

海的呼唤愈远愈清晰。爱海的人，只要有机会，总想与海亲近。今年夏天，我在汉堡开会既毕，租了一辆车要游西德。当地的中国朋友异口同声，都说北部没有看头，要游，就要南下，只为莱茵河、黑森林之类都在低纬的方向。我在南游之前，却先转过车头去探北方，因为波罗的海吸引了我。当初不晓得是谁心血来潮，把 Baltic Sea 译成了波罗的海，真是妙绝。这名字令人想起林亨泰的名句："然而海，以及波的罗列。"似乎真眺见了风吹浪起、海叠千层的美景。当晚果然投宿在路边的人家，次晨便去卡珀尔恩（Kappeln）的沙岸看海。当然什么也没有，只有蓝茫茫的一片，反晃着初日的金光，水平线上像是浮着两朵方蕈，白得影影绰绰的，该是钻油台吧。更远处，有几只船影疏疏地布在水面，像在下一盘玄妙的慢棋。近处泊着一艘渡轮，专通丹麦，船身白得令人艳羡。这，就是波罗的海吗？

去年五月，带了妻女从西雅图驶车南下去旧金山，不取内陆的坦途，却取沿海的曲道，为的也是观海。左面总是挺直的杉林张着翠屏，右面，就是一眼难尽的，啊，太平洋了。长风吹阔水，层浪千折又万折，要折多少折才到亚洲的海岸呢？中间是什么也没有，只有难以捉摸，唉，永远也近不了的水平线其实不平也不是线。那样空旷的水面，再大的越洋货柜轮，再密的船队也无非可怜的小甲虫在疏疏的经纬网上蠕蠕地爬行，等暴风雨的黑蜘蛛扑过来一一捕杀。从此地到亚洲，好大的一弧凸镜鼓着半个地球，像眼球横剖面的水晶体与玻璃体，休要小觑了它，里面摆得下十九个中国。这么浩渺，令人不胜其，乡愁吗？不是的，不胜其惘惘。

第一夜我们投宿在俄勒冈州的林肯村。村小而长，我们找到那家汽车旅馆（motel），在风涛声里走下三段栈道似的梯级，才到我们那一层楼。原来小客栈的正面背海向陆，斜叠的层楼依坡而下，一直落到坡底的沙滩。开门进房，迎面一股又霉又潮的海气，赶快扭开暖气来驱寒。落地的长窗外，

风是一群透明的猛兽，奔踹而来，呼啸而去。

了解，是一条双行道。

深度不足的演说家，常用长度来补偿。

一切故事到结局的时候，总是有一轮夕照的吧。

风景可以是一面镜子，浅者见浅，深者窥深，境由心造，未始照不出一点哲学来。

现在每出远门，都非乘飞机不可了。想起坐船的时代，水拍天涯，日月悠悠，不胜其老派旅行的风味。

今人不见古时月，今月曾经照古人。

那年的秋季特别长，像一段雏形的永恒。我几乎以为，站在四围的秋色里，那种圆溜溜的成熟感，会永远悬在那里，不坠下来。

是空寂的沙，沙外，是更空寂的海，潮水一阵阵地向沙地卷过来，声撼十方。就这么，梦里梦外，听了一夜的海。全家四人像一窝寄生蟹，住在一只满是回音的海螺里。

第二夜进入加州，天已经暗下来了，就在边境的新月镇（Crescent City）歇了下来。那小镇只有三两条街，南北走向，与涛声平行。我们在一家有楼座的海鲜馆临窗而坐，一面嚼食蟹甲和海扇壳里剥出来的嫩肉，一面看海岸守卫队的巡逻艇驶回港来，桅灯在波上随势起伏。天上有毛边的月亮，淡淡的，在蓬松的灰云层里出没。海风吹到衣领里来，已经是初夏了，仍阴寒逼人。回到客栈，准备睡了，才发觉外面竟有蛙声，这在我的美国经验里，却是罕有，倒令人想起中国的水塘来了。远处的岬角有灯塔，那一道光间歇地向我们窗口激射过来，令人不安。最祟人的，却是深沉而悲凄的雾号，也是时作时歇，越过空阔的水面，一直传到海客的枕前。这新月镇不但孤悬在北加州的边境，距俄勒冈只有十六千米，而且背负着巨人族参天的红木森林，面对着太平洋，正当海陆之交，可谓双重的边镇。这样的边陲感，加上轮转的塔光与升沉的雾号，使我梦魂惊扰，真的是“一宿行人自可愁”了。

次日清早被涛声撼起，开门出去，一条公路从南方绕过千重的湾岬伸来，把我们领出这小小的海驿。

5

仁者乐山，智者乐水，圣人曾经说过。爱水的人果真是智者吗？那么，爱海的人岂非大智？其实攀山与航海的人更是勇者，因为那都是冒险的探索，那种喜悦往往会以身殉。在爱海人里，我只是一个陆栖的旁观者，颇像西方人对猫的嘲笑："性爱戏水，却怕把脚爪弄潮。"水手和渔夫在咸风咸浪里讨生活，才是真正下水的爱海人。真正的爱海人吗？也许是爱恨交加吧？譬如爱情，也可分作两类：深入的一类该也是爱恨交加的，另一类虽未必深入，却不妨其为自作多情。我正是对海单相思的这一类。

十二年来我一直住在海边，前十一年在香港，这一年来在高雄。对于单恋海洋的陆栖者，也就是四川人嘲笑的旱鸭子而言，这真是至福与奇缘。世界上再繁华的内陆都市，比起就算是较次的什么海港来，总似乎少了一点退步，一点可供远望与遐思的空间。住在海边，就像做了无限（Infinity）的邻居，一切都会看得远些看得开些吧。海，是不计其宽的路，不闭之门，常开之窗。再小的港城，有了一整幅海天为背景，就算剧台本身小些，观众少些，也显得变化多姿，生动了起来，就像写诗和绘画都需要留点空白一样。有水，风景才显得灵活。所以中国画里，明明四围山色，眼看无计可施了，却凭空落下来一泻瀑布，于是群山解颜。巴黎之美，要是没有塞纳河一以贯之，萦回而变化之，也会逊色许多。台北本来有一条河可以串起市景，却不成其为河了。高雄幸而有海。

海是一大空间，一大体积，一个伟大的存在。海里的珍珠与珊瑚，水藻与水族，遗宝与沉舟，太奢富了，非陆栖者所能探取。单恋海的人能做一个"观于海者"，像孟轲所说的那样，也就不错了。不过所谓观于海当然也不限于观；海之为物，在感性上可以观、可以听、可以嗅、可以触，一步近似一步。

香港的地形百转千回，无非岛与半岛，不要说地面上看不清楚了，就连在飞机上观者也应接不暇。最大的一块面积在新界，其状有如不规则的螃蟹，所有的半岛都是它伸爪入海的姿势。半岛既多，更有远岛近矶呼应之胜，海景自然大有可观。就这一点来说，香港的海景看不胜看，因为每转一个弯，山海洲矶的相对关系就变了，没有谁推开自己的窗子便能纵览香港的全貌。

钟玲在香港大学的宿舍面西朝海，阳台下面就是汪洋，远航南洋和西欧的巨舶，都在她门前路过。我在中文大学的楼居面对的却是内湾，叫吐露港，要从东北的峡口出去，才能汇入南中国海。所以我窗外的那一片潋滟水镜，虽然是海的婴孩，却更像湖的表亲。除非起风的日子，吐露港上总是波平浪静，潮汐不惊。青山不断，把世界隔在外面，把满满的十里水光围在里面，自成一个天地。我就在那里看渡船来去，麻鹰飞回，北岸的小半岛蜿蜒入水，又冒出水面来浮成苍苍的四个岛丘，更远处是一线长堤，里面关着一潭水库。

6

去年九月，我从香港迁来高雄，幸而海缘未断，仍然是住在一个港城。开始的半年住在市区的太平洋大厦，距海岸还有两三千米，所以跟住在内陆都市并无不同。可是中山大学在西子湾的校园却海阔天空，日月无碍。文学院是红砖砌成的一座空心四方城，我的办公室在顶层的四楼，朝西的一整排长窗正对着台湾海峡，目光尽处只见一条渺渺的水平线，天和海就在那里交接，云和浪就在那里会合了。那水平线常因天气而变化。在阴天，灰云沉沉地压在海上，波涛的颜色黯浊，更无反光，根本指不出天和水在哪里接缝。要等大晴的日子，空气澄澈透明，碧海与青天之间才会判然划出一道界线，又横又长，极尽抽象之美，令人相信柏拉图所说的“天行几何之道”（God always geometrizes）。其实水平线不过是海的轮廓，并没有那么一条线，要是你真去追逐，将永无接近的可能，更不提捉到手了。可是别小觑了那一道欺眼的幻线，因为远方的来船全是它无中生有变出来的，而出海的船只，无论是轩昂的货柜巨轮，或是匍行波上的舴艋小艇，也一一被它拐去而消磨于无形。

水平线太玄了，令人迷惑。也太远了，不如近观拍岸的海潮。孟子不就说过嘛，“观水有术，必观其澜”。世界上所有的江河都奔流入海，而所有的海潮都扑向岸来，不知究竟要向大地索讨些什么。对于观海的人，惊涛拍岸是水陆之间千古不休的一场激辩，岸说：“到此为止了，你回去吧。”浪说：“即使粉身碎骨，我还是要回来！”于是一排排一列列的浪头昂然向岸上卷来，起起落落，一面长鬣翻白，口沫飞溅，最后是绝命的一撞之后喷成了半天的水花，转眼就落回了海里，重新归队而开始再次的轮回。这过程又像是单调而重复，又像是变化无穷，总之有一点催眠，所以看海的眼睛都含着几分玄想。

西子湾的海潮，从旗津北端的防波堤一直到柴山脚下的那一堆石矶，浪花相接，约莫有一里多长，十分壮观。起风的日子，汹涌的来势尤其可惊，满岸都是哗变的嚣嚣。外海的剧浪，捣打在防波堤上，碎沫飞花喷溅过堤来，像一株株旋生旋灭的水晶树，那是海神在放烟火吗？

7

西子湾的落日是海景的焦点。要观赏完整无缺的落日，必须有一条长而无阻的水平线，而且朝西。沙滩由南向北的西子湾，正好具备这条件。月有望朔，不能夜夜都见满月。但是只要天晴，一轮“满日”就会不偏不倚正对着我的西窗落下，从西斜到入海，整个壮烈的仪式都在我面前举行。先是白热的午日开始西斜，变成一只灿灿的金球，光威仍然不容人逼视，而海面迎日的方向，起伏的波涛已经摇晃着十里的碎金。这么一路西倾下来，到了仰角三十度的时候，金球就开始转红，火势大减，我们就可以定睛熟视了。那红，有时是橙红，有时是洋红，有时是赤红，要看天色而定。暮霭重时，那颓然的火球难施光焰，未及水面就渐渐褪色，变成一影迟滞的淡橙红色，再回头时，竟已隐身幕后。若是海气上下澄明，水平线平直如切，酡红的落日就毫不含糊地直掉入海，一寸接一寸被海的硬边切去。观者骇目而视，忽然，宇宙的大靶失去了红心。

我在沙田住了十一年，这样水遁而逝的落日却未见过，因为沙田山重水复，我楼居朝西的方向有巍然的山影横空，根本看不见水上的落日。西子湾的落日像是为美满的晴天下一个结论，不但盖了一颗赫赫红印，还用晚霞签了半边天的名。

半年后我们从市区的闹街迁来寿山，住进中山大学的学人宿舍。新居也在红砖楼房的四楼，书房朝着西南，窗外就是高雄港。我坐在窗内，举头便可见百码的坡下有街巷纵横，车辆来去。再出去便是高雄港的北端，可以眺览停泊港中的大小船舶，桅樯密举，锚链斜入水中。旗津长岛屏于港西，岛上的街沿着海岸从西北直伸东南，正与我的视线垂直而交，虽然远在两三里外，岛上的排楼和庙宇却历历可以指认。岛的外面，你看，就是淼淼的海峡了。

高雄之为海港，扼台湾海峡、巴士海峡和南中国海的要冲，吞吐量之大，也不必去翻统计数字，只要站在我四楼的阳台上，倚着白漆的栏杆，朝南一望就知道了。高雄港东纳爱河与前镇溪之水，西得长洲旗津之障，从旗津北头的第一港口到南尾的第二港口，波涵浪蓄，纵长在八千米以上。货柜进出此港，分量之重，已经居世界第四。从清晨到午夜，有时还更晚，万吨以上的货轮，扬着各种旗号，漆着各种颜色、各种文字的船名横排于舷身，不计其数，都在我阳台的栏杆外驶过。有时还有军舰，铁灰色的舷首有三位数的编号，横着炮管的侧影，扁长而剽悍，自然与众不同。不过都太远了，有时因为背光，或是雾霭低沉，加以空气污染的关系，无论是船形舰影，在茫茫的烟水里连魁梧的轮廓都浑沦了，更不说辨认船名。

甚至不必倚遍十二栏杆，甚至也无须抬头望远，只听水上传来的汽笛，此起彼落，间歇而作，就会意识到脚下那长港有多繁忙。而造船、拆船、修船、上货、卸货、领航、验关、缉私、走私……都绕着这无休止的船来船去团团转。这水陆两个世界之间的港口自成一个天地，一方面忙乱而喧嚣，另一方面却又生气蓬勃，令码头上看海的人感到兴奋，因为这一片咸水通向全世界的波涛，在这一片咸水里下锚的舳舻巨舟曾经泊过各国的名港。高雄，正是当代的扬州。

每当我灯下夜读，孤醒于这世界同鼾的梦外，念天上地下只剩我一人，只剩下自己一人了，不是被逐于世界之梦外，而是自放于无寐之境。那许多知己都何处去了呢？此刻，也都成了梦的俘虏，还是各守着一盏灯呢？忽然从下面的港口一声汽笛传来，接着是满港的回声，渐荡渐远，似乎终于要沉寂了，却又再鸣一声。据说这是因为常有渔船在港里非法捕鱼，需要鸣笛示警，但是夜读人在孤寂里听来，却感到倍加温暖，体会到世界之大总还是有人陪他醒着，分担他自命的寂寞，体会到同样是醒着，有人是远从天涯，从风里浪里一路闯回来的，连夜读的遐思与玄想都不可能。我抬起头来，只见灯火零落的港上，桅灯通明，几排起重机的长臂斜斜举着，船首和船尾的灯号掠过两岸灯光的背景，保持不变的距离稳稳地向前滑行，又是一艘货柜巨轮进港了。

以前在香港，九广铁路就在我山居的坡底蜿蜒而过，深宵写诗，万籁都遗我而去，却有北上的列车轮声铿然，鸣笛而去。听惯了之后，已成为火车汽笛的知音，觉得世界虽大，万物却仍然有情，不管是谁的安排，总感激长夜的孤苦中那一声有意无意的招呼与慰问。当时曾经担忧，将来回去台湾，不再有深宵火车的那一声晚安，该怎样排遣独醒的寂寞呢？没想到冥冥中另有安排：火车的长啸，换了货轮的低鸣。

造化无私而山水有情，生命里注定有海。失去了香港而得到了高雄，回头依然是岸，依然是一所叫中大的大学，依然是背山面海的楼居。走下了吐露港的那座柔灰色迷楼，到此岸，又上了西子湾这座砖砌的红楼，依然是临风望海，登楼作赋。看来我的海缘还未绝，水蓝的世界依然认我。所以我的窗也都朝西或西南偏向，正对着海峡，而落日的方向正是香港，晚霞的下方正是大陆。

1986 年 10 月 13 日

南半球的冬天

旭日怎么还不升起？霜的牙齿已经在咬我的耳朵。

飞行袋鼠“旷达士”（Qantas）才一展翅，偌大的新几内亚，怎么竟缩成两只青螺，大的一只，是维多利亚峰，那么小的一只，该就是塞克林峰了吧。都是海拔三千米以上的高峰，此刻，在“旷达士”的翼下，却纤小可玩，一簇黛青，娇不盈握，虚虚幻幻浮动在水波不兴一碧千里的“南溟”之上。不是水波不兴，是“旷达士”太旷达了，俯仰之间，忽已睥睨八荒，游戏云表，遂无视于海涛的起起伏伏了。不到一杯橙汁的工夫，新几内亚的郁郁苍苍，倏已陆沉，我们的老地球，所有故乡的故乡，一切国恨家愁的所依所托，顷刻之间都已消逝。所谓地球，变成了一只水球，好蓝好美的一只水球，在好不真实的空间好缓好慢地旋转，昼转成夜，春转成秋，青青的少年转成白头。故国神游，多情应笑我早生华发。水汪汪的一只蓝眼睛，造物的水族馆，下面泳多少鲨多少鲸，多少亿兆的鱼虾在暖洋洋的热带海中悠然摆尾，多少岛多少屿在高更的梦史蒂文森的记忆里午寐，鼾声均匀。只是我的想象罢了，那澄蓝的大眼睛笑得很含蓄，可是什么秘密也没有说。古往今来，她的眼里该只有日起月落，星出星没，映现一些最原始的抽象图形。留下我，上扪无天，下临无地，一只“旷达士”鹤一般地骑着，虚悬在中间。头等舱的邻座，不是李白，不是苏轼，是双下巴大肚皮的西方绅士。一杯酒握着，不知该邀谁对饮。

有一种叫作云的骗子，什么人都骗，就是骗不了“旷达士”。“旷达士”，一飞冲天的现代鹏鸟，经纬线织成密密的网，再也网它不住。北半球飞来南半球，我骑在“旷达士”的背上，“旷达士”骑在云的背上。飞上九千米的高空，云便留在下面，制造它骗人的气候去了。有时它层层叠起，雪峰竞拔，冰崖争高，一望无尽的皑皑，疑是青藏高原雄踞在世界之脊。有时它皎如白莲，幻开千朵，无风的岑寂中，“旷达士”翩翩飞翔，入莲出莲，像一只恋莲的蜻蜓。仰望白云，是人。俯玩白云，是仙。仙在常中观变，在阴晴之外观阴晴，仙是我。哪怕是幻觉，哪怕仅仅是几个时辰。

“旷达士”从北半球飞来，八千千米的云驿，只在新几内亚的南岸息一息羽毛。莫尔斯比（Port Moresby）浸在温暖的海水里，刚从热带的夜里醒来，机场四周的青山和遍山的丛林，晓色中，显得生机郁勃，绵延不尽。机场上见到好多巴布亚的土人，肤色深棕近黑，阔鼻、厚唇、凹陷的眼眶中，眸光炯炯探人，很是可畏。

从新几内亚向南飞，下面便是美丽的珊瑚海（Coral Sea）了。太平洋水，澈澈澄澄清清，浮云开处，一望见底，见到有名的珊瑚礁，绰号“屏藩大礁”（Great Barrier Reef），迤迤逦逦，零零落落，系住澳洲大陆的东北海岸，好精巧的一条珊瑚带子。珊瑚是浅红色，珊瑚礁呢，说也奇怪，却是青绿色。开始我简直看不懂。双层玻璃的机窗下，奇迹一般浮现一块小岛，四周湖绿，托出中央的一方翠青。正觉这小岛好漂亮好有意思，前面似真似幻，竟又浮来一块，形状不同，青绿色泽的配合则大致相同。猜疑未定，远方海上又出现了，不是一个，而是一群，长的长，短的短，不规不则得乖乖巧巧，玲玲珑珑，那样讨人喜欢的图案层出不穷，令人简直不暇目迎目送。诗人赫伯特（George Herbert）说：

色泽鲜丽

令仓促的观者拭目重看

惊愕间，我真的揉揉眼睛，被香港的红尘吹翳了的眼睛，仔细再看一遍。不是岛，青绿色的图形是平铺在水底，不是突出在水面。啊，我知道了，这就是闻名世界的所谓“屏藩大礁”了。透明的柔蓝中漾现变化无穷的青绿翠礁，三种凉凉的颜色配合得那么谐美而典雅，织成海神最豪华的地毯。数百丛的珊瑚礁，检阅了一个多小时才看完。

如果我是人鱼，一定和我的雌人鱼，选这些珊瑚为家。风平浪静的日子，和她并坐在最小的一丛礁上，用一只大海螺吹起德彪西袅袅的曲子，使所有的船都迷了路。可是我不是人鱼，甚至也不是飞鱼，因为“旷达士”要载我去袋鼠之邦，食火鸡之国，访问七个星期，去会见澳洲的作家、画家、学者，参观澳洲的学府、画廊、音乐厅、博物馆。不，我是一位访问的作家，不是人鱼。正如普鲁夫洛克所说，我不是尤利西斯，女神和雌人鱼不为我歌唱。

越过童话的珊瑚海，便是浅褐土红相间的荒地，澳洲庞然的体魄在望。最后我看见一个港，港口我看见一座城，一座铁桥黑虹一般架在港上，对海的大歌剧院蚌壳一般张着复瓣的白屋顶，像在听珊瑚海人鱼的歌吟。“旷达士”盘旋扑下，倾侧中，我看见一排排整齐的红砖屋，和碧湛湛的海水对照好鲜明。然后是玩具的车队，在四线的高速公路上流来流去。然后机身辘辘，“旷达士”放下它蜷起的脚爪，触地一震，悉尼到了。

但是悉尼不是我的主人，澳洲的外交部，在西南方三百二十二千米外的山区等我。“旷达士”把我交给一架小飞机，半小时后，我到了澳洲的京城堪培拉。堪培拉是一个计划都市，人口目前只有十四万，但是建筑物分布得既稀且广，发展的空间非常宽大。圆阔的草地，整洁的车道，富于线条美的白色建筑，把曲折多姿回环成趣的柏丽·格里芬湖围在中央。神造的全是绿色，人造的全是白色。堪培拉是我见过的都市中，最清洁整齐的一座白城。白色的迷宫。国会大厦，水电公司，国防大厦，联鸣钟楼，国立图书馆，无一不白。感觉中，堪培拉像是用积木，不，用方糖砌成的理想之城。在我五天的居留中，街上从未见到一片垃圾。

我住在澳洲国立大学的招待所，五天的访问，日程排得很满。感觉中，许多手向我伸来，许多脸绽开笑容，许多名字轻叩我的耳朵，缤缤纷纷坠落如花。我接受了驻澳洲代表沈锜及其夫人、章德惠、澳洲外交部、澳洲国立大学亚洲研究所、澳洲作家协会、堪培拉高等教育学院等的邀宴；会见了名诗人霍普（A. D.Hope）、坎贝尔（David Campbell）、多布森（Rosemary Dobson）和布里森登（R. F. Brissenden）；接受了澳洲总督哈斯勒克爵士

（Sir Paul Hasluck）、沈锜、诗人霍普、诗人布里森登及柳存仁教授的赠书，也将自己的全部译著赠送了一套给澳洲国立图书馆，由东方部主任王省吾代表接受；聆听了堪培拉交响乐队；接受了《堪培拉时报》的访问，并且先后在澳洲国立大学的东方学会与英文系发表演说。这一切，当在较为正式的《澳洲访问记》一文中，详加分述，不想在这里多说了。

“旷达士”猛一展翼，十小时的风云，便将我抖落在南半球的冬季。堪培拉的冷静、高亢，和香港是两个世界，和台湾是两个世界。堪培拉在南半球的纬度，相当于济南之在北半球。中国的诗人很少这么深入“南蛮”的。“大招”的诗人早就警告过：“魂乎无南，南有炎火千里，蝮蛇蜒只。山林险隘，虎豹蜿只。鰅鳙短狐，王虺骞只。魂乎无南，蜮伤躬只！”柳宗元才到柳州，已有万死投荒之叹。韩愈到潮州，苏轼到海南岛，歌哭一番，也就北返中原去了。谁会想到，深入南荒，越过赤道的炎火千里而南，越过南回归线更南，天气竟会寒冷起来，赤火炎炎，会变成白雪凛凛，虎豹蜿只，会变成食火鸡、袋鼠和攀树的醉熊？

从堪培拉再向南行，科库斯可大山便擎起须发尽白的雪峰，矗立天际。我从北半球的盛夏火鸟一般飞来，一下子便投入了科库斯可北麓的阴影里。第一口气才注入胸中，便将我涤得神清气爽，豁然通畅。欣然，我呼出台北的烟火，香港的红尘。我走下寂静宽敞的林荫大道，白干的尤加利树叶落殆尽，枫树在冷风里摇响炫目的艳红和鲜黄，刹那间，我有在美国街上独行的感觉，不经意翻起大衣的领子。一只红冠翠羽对比明丽无伦的考克图大鹦鹉，从树上倏地飞下来，在人家的草地上略一迟疑，忽又翼翻七色，翩翩飞走。半下午的冬阳里，空气在淡淡的暖意中兀自挟带一股醒人的阴凉之感。

下午四点以后，天色很快暗了下来。太阳才一下山，落霞犹金光未定，一股凛冽的寒意早已逡巡在两肘，伺机噬人，躲得慢些，冬夕的冰爪子就会探颈而下，伸向行人的背脊了。究竟是南纬高地的冬季，来得迟去得早的太阳，好不容易把中午烘到五十几度，夜色一降，就落回冰风刺骨的四十度了。中国大陆上一到冬天，太阳便垂垂倾向南方的地平，所以美宅良厦，讲究的是朝南。在南半球，冬日却贴着北天冷冷寂寂无声无息地旋转，夕阳没处，竟是西北。到堪培拉的第一天，茫然站在澳洲国立大学校园的草地上，暮寒中，看夕阳坠向西北的乱山丛中。那方向，不正是中国的大陆，乱山外，不正是崦嵫的神话？西北望长安，可怜无数山。无数山。无数海。无数无数的岛。

到了夜里，乡愁就更深了。堪培拉地势高亢，大气清明，正好饱览星空。吐气成雾的寒战中，我仰起脸来读夜。竟然全读不懂，不，这张脸我不认得！那些眼睛啊，怎么那样陌生而又诡异，闪着全然不解的光芒好可怕，那些密码奥秘的密码是谁在拍打？北斗呢？金牛呢？天狼呢？怎么全躲起来了，我高贵而显赫的朋友啊？踏的，是陌生的土地，戴的，是更陌生的天空，莫非我误闯到一颗新的星球上来了？

当然，那只是一瞬间的惊诧罢了。我一拭眼睛。南半球的夜空，怎么看得见北斗七星呢？此刻，我站在南十字星座的下面，戴的是一顶簇新的星冕，南十字，古舟子航行在珊瑚海塔斯曼海上，无不仰天顶礼的赫赫华胄，闪闪徽章，澳洲人升旗，就把它升在自己的旗上。可惜没有带星谱来，面对这么奥秘幽美的夜，只能赞叹赞叹扉页。

我该去新西兰吗？塔斯曼冰冷的海水对面，白人的世界还有一片土。澳洲已自在天涯，新西兰，更在天涯之外之外。庞然而阔的新大陆，澳洲，从此地一直延伸，连连绵绵，延伸到帕斯和达尔文，南岸，封着塔斯曼的冰海，北岸，浸在暖脚的南太平洋里。澳洲人自己诉苦，说，无论去什么国家都太远太遥，往往，向北方飞，骑“旷达士”的风云飞驰了四个小时，还没有跨出澳洲的大门。美国也是这样。一飞入寒冷干爽的气候，就有一种重践北美大陆的幻觉。记忆，重重叠叠的复瓣花朵，在寒战的星空下反而一瓣瓣绽开了，展开了每次初抵美国的记忆，枫叶和橡叶，混合着街上淡淡汽油的那种嗅觉，那么强烈，几乎忘了童年，十几岁的孩子，自己也曾经拥有一片大陆，和直径几千米的大陆性冬季，只是那时，祖国覆盖我像一条旧棉被，四万万人挤在一张大床上，一点也没有冷的感觉。现在，站在南十字架下，背负着茫茫的海和天，企鹅为近，铜驼为远，那样立着，引颈企望着企望着长安、洛阳、金陵，将自己也立成一头企鹅。只是别的企鹅都不怕冷，不像这一头啊这么怕冷。

怕冷。怕冷。旭日怎么还不升起？霜的牙齿已经在咬我的耳朵。怕冷。三次去美国，昼夜倒轮。南来澳洲，寒暑互易。同样用一枚老太阳，怎么有人要打伞，有人整天用来烘手都烘不暖？而用一字星来烘脚，是一夜也烘不成梦的啊。

1972 年 7 月 14 日于悉尼

你不知道你是谁，你忧郁；
你知道你不是谁，你幻灭；
你知道你是谁了，你放心。

与伟大的灵魂对话

第三辑
DI SAN JI

艾略特的时代

我们所谓的开端常是结尾，而结尾常常只是开一个端。

“选择一首好诗并扬弃一首劣诗，这种能力是批评的起点，最严格的考验便是看一个人能否选择一首好的‘新诗’，能否对于新的环境做适当的反应。”这是美国大诗人兼批评家艾略特（T. S. Ellot，1888 —1965）在他1933年出版的《诗与批评之用途》中的一句话。处于当前台湾新文学的环境，我们尤其欣赏、重视这意见。对于批评家最严格的考验便是看他能不能选择一首好诗，尤其是好的新诗。选择一首好的旧诗并不太难，因为我们对于古代的作者已经有了透视的距离，秋毫和舆薪之间的比例我们已经了然，当时作者间的互相品评，与乎后之学者的长期淘汰，可以作为我们的参考；也并不太容易，因为我们对于传统每有过分的崇拜，对于习俗缺乏自觉的分析。

反叛传统，但同时并不忽视传统，是艾略特对于诗的一贯态度。做一个大批评家，他必须了解传统，熟悉受他批评的对象；而做一个大诗人，他必须有披荆斩棘、另辟天地的抱负与能力。艾略特对于现代文学的贡献，在创作和批评两者的影响，可以比拟十九世纪初的柯勒律治，而犹过之。1948 年诺贝尔文学奖之所以颁予艾略特，即为奖励这种开风气之先的精神。

艾略特于 1888 年 9 月 26 日生于美国密苏里州的圣路易斯城。他的祖先原居新英格兰，那里出了不少大学校长和牧师，据说最早的先人可以追溯到十六世纪的托马斯·埃利奥特勋爵（Sir Thomas Elyot，1499—1546）——当时有名的散文家，曾任英国驻西班牙大使。父亲是圣路易斯的商人。艾略特在圣路易斯读完中学，便去东部进哈佛大学。1909 年，他获得文学学士学位，一年后，又取到文学硕士学位，遂横渡大西洋，在巴黎大学研究一年，旋又回到哈佛，以三年时间撰写博士论文。1914 年，他去英国，在海格学校教书，其后复在劳埃德银行工作，一面开始编辑《标准季刊》（*Criterion Quarterly*）。他的处女诗集《普鲁夫洛克》（*Prufrock*）出版于 1917 年；第一本批评文集《圣林》（*The Sacred Wood*）出版于 1920 年；两年后，艾略特发表了他最重要的作品《荒原》（*The Waste Land*），遂奠定了他在现代文学中崇高的地位。此后他的声誉扶摇直上。1927 年，他归化为英国人，且宣布自己“以宗教言，为一英国天主教徒；以政治言，为一保皇党员；以文学言，为一古典主义者”。他在文学上的荣誉极多，其中包括剑桥大学与哈佛大学的讲师、牛津与剑桥的荣誉研究员以及欧洲与美国十四个大学的荣誉博士学位。1948 年，他更荣获英国的 O.M. 勋章（Order of Merit）与诺贝尔文学奖。

艾略特是二十世纪对于英、美，甚至是全世界，诗坛最具影响力的诗人之一。他不是一位多产的作者。在创作方面，自 1909 年以迄 1950 年，他的总产量是七十首诗和三本诗剧。在批评方面，他的文集已经超过十五卷。艾略特的题材和视界是狭窄的，他的风格变化不多。他的天才是集中的，不像毕加索那种波塞冬（Poseidon）式的善变，也不像克利那种流星雨式的挥霍灵感。《普鲁夫洛克》出版于他廿九岁那年，其中最重要的一首作品《普鲁夫洛克的恋歌》（*The Love Song of J. Alfred Prufrock*）创作日期更早在他的大学时代。其后陆续出版的集子有《一九二〇诗集》、《荒原》、《空心人》（*The Hollow Men*）、《精灵诗集》（*Ariel Poems*）、《未完成的诗》（*Unfinished Poems*）、《四个四重奏》（Four Quartets）等。《空心人》是他哲学观念的分水岭，在这以后，艾略特自怀疑归于信仰，自历史的社会观转为宗教的社会观，自混乱的现象复返依有秩序的原则。他在《小吉丁》（*Little Gidding*）中写道：

我们所谓的开端常是结尾，
而结尾常常只是开一个端。
结尾是我们出发的起点。

然而影响现代文学至巨的不是艾略特后期这种带有浓厚宗教气氛的作品，而是早期那种以对比为主要表现手法的诗。笼罩着艾略特早期作品的一种含有甚重的“时间之乡愁”的历史感。在现代的世界里，我们找不到光荣、伟大、安全以及完整；在“过去”的面前，“现在”是自卑的、丑恶的、破碎的、彷徨的。艾略特的境界正如历史的通衢与个人的小巷交叉的十字路，渺小而无意义的个人徘徊其中，困惑于大街的纷扰与小巷的阴郁，目眩于红绿灯的交替。这种知识分子的幻灭与压抑感因外界的波动与内心的混乱之交互感应而更形复杂，远非“旧时王谢堂前燕，飞入寻常百姓家”的兴衰之感所能包罗。做一个较好的譬喻，我们可以说，读艾略特早期的诗，有如俯窥一株水仙花反映在投过石子之水面的破碎的倒影。

每天早晨你都能看见我，在公园里
读着漫画和体育版的新闻。
特别令我注意的常是
一个英国的伯爵夫人沦为女伶。
一个希腊人被谋杀于波兰舞中。
另一个银行的骗局已破案。
我却是毫不动容，
我始终没有心乱，
除非当街头的钢琴，单调且慵困地
重复一首滥调的平凡的歌，
而风信子的气息自花园对面飘来，
使我想起别人也要求过的东西。
这些观念是对还是错？

这种忠于现代生活之偶然性与琐碎性的恍惚迷离的意象，对于捶胸顿足的浪漫主义是一种反抗。起首的两行就“暗示”这位以第一人称“我”出现的人物之卑琐与无聊。第四行至第六行反映出一个没落的世界——英国贵族的式微、希腊传统的荡然以及现代道德的混乱——然而这一些并不足以乱“我”的心。接着是单调的琴音、风信子的气息、对于他人秘密的情欲之一瞬间的同情，结果还是面临困惑。事实上，现代生活就是由这些纷然杂陈、支离破碎的“现象”拼凑而成；美是不太美的，抱歉得很。美本身在二十世纪便是值得怀疑的东西。艾略特坚持，一位诗人应该能透视美与丑，且看到无聊、可怖与光荣的各方面。在他的诗中，美与丑、光荣的过去和平凡的现在、慷慨的外表和怯懦的内心，恒是并列而相成的。现代主义在美与真之间，宁取后者。现代的大作家，无论是艾略特或奥登、海明威或福克纳，皆宁可把令人不悦的真实呈现在读者面前，而不愿捏造一些粉饰的美、做作的雅、伪装的天真。

较之艾略特的“哲学”，更重要的是他富于暗示的技巧。他从法国诗人拉福格（Jules Laforgue）、兰波、魏尔伦与科比埃尔（Tristan Corbière）悟出暗示胜于坦陈的原理，乃发扬光大，使之接近超现实主义，而展现出一个现实与幻想交融的世界。他将直述与婉说、情欲与机智、事实与征象熔为一炉。在他的诗中，一种不可捉摸的音乐起伏于庄严与庸俗之间；情绪形态之传达代替了固定情感的刺激反应。在现实的灰色雾后，隐约可见历史的堂皇远景。这种交叠的表现法在电影中早有了很好的运用。

《波士顿邮报》的读者们
摇摆于风中，如一田成熟的玉米。
当黄昏在街上朦胧地苏醒，
唤醒一些人生命的欲望，
且为另一些人带来《波士顿邮报》，
我跨上石级，按响门铃，疲倦地
转过身去，像转身向拉罗什富科点头说再见，
假使街道是时间，而他在街的尽头，
而我说："海丽雅特表姐，《波士顿邮报》来了。"

拉罗什富科（La Rochefoucauld）是十七世纪法国的散文家，以明畅、简洁、幽默见称。历史的斯芬克斯恒蹲守在人类的去路上。《波士顿邮报》是切身的现实，拉罗什富科是渺茫的往昔；然而现实与往昔毕竟是如此不可分。一回首而见拉罗什富科的幢幢巨影；这种突如其来的一惊一疑正是现代诗的特色，而这种超现实主义的表现法令我们想起了达利（Salvador Dali）的"伏尔泰的幻象"。

艾略特的影响遍及大西洋两岸。年轻的诗人们拒绝接受他那种戴了古典主义之假面具的浪漫主义，他的退入英国天主教，以及他那种掩盖不了死亡愿望的悲观主义，可是他们却赞美并学习他的暗示能力。在英国，奥登、斯彭德与刘易斯公开承认他的启示；在美国，他感召了艾肯、麦克里希、格雷戈里及其他作家。和弗罗斯特不同的是：弗罗斯特是民族性的，艾略特是国际性的；弗罗斯特是现代诗中独来独往的人物，而艾略特是开风气的大师，

他把英诗从二十世纪贫血和虚伪的乔治朝诗人（Georgian Poets）的陷阱中救了出来。

在英美的批评界，艾略特的地位亦很崇高。他对于伊丽莎白时代的剧本、十七世纪的玄学派、法国的象征诗人等有很深邃的研究。他重新予拜伦的长诗以较高的评价，而将弥尔顿自古典书架的第一栏搬到第二栏。尽管晚期的论调因趋向保守而令批评界惊讶，他的论文仍是非常发人深省的。在学问的丰富、思想的精妙、态度的冷静与文字的清晰各方面，很少学者能与他匹敌。以下让我们翻译艾略特论传统的一段文字，以结束对这位开风气的大师的简介：

"陶醉于怀古的伤感中，是毫无益处的。首先，即使在最优秀的活的传统之中，也恒有优劣因素的混合和许多有待批判的成分；其次，传统也不仅是感情方面的事。同样地，如果不加以充分批判的研究，我们也无法很有把握地固执几个教条式的观念，因为在某一时代认为是健康的信仰，如果它不是少数的基本因素之一，到了另一个时代就可能变为一个危险的偏见。同样地，我们也不应该株守传统，以保持我们对于比较不受欢迎的人们的优越地位。"

1959 年 12 月

凡·高的向日葵

向日葵苦追太阳的壮烈情操，有一种知其不可为而为之的志气。

凡·高一生油画的产量在八百幅以上，但是其中雷同的画题不少，每令初看的观众感到困惑。例如他的自画像，就多达四十多幅。阿尔勒时期的《吊桥》，至少画了四幅，不但色调互异，角度不同，甚至有一幅还是水彩。《邮差鲁兰》和《嘉舍大夫》也都各画了两张。至于早期的代表作《食薯者》，从个别人物的头像素描到正式油画的定稿，反反复复，更画了许多张。凡·高是一位求变、求全的画家，面对一个题材，总要再三检讨，务必面面俱到，充分利用为止。他的杰作《向日葵》也不例外。

早在巴黎时期，凡·高就爱上了向日葵，并且画过单枝独朵，鲜黄衬以亮蓝，非常艳丽。1888 年初，他南下阿尔勒，定居不久，便邀高更从西北部的布列塔尼去阿尔勒同住。这正是凡·高的黄色时期，更为了欢迎好用鲜黄的高更去“黄屋”同住，他有意在十二块画板上画下亮黄的向日葵，作为室内的装饰。

凡·高在巴黎的两年，跟法国的少壮画家一样，深受日本版画的影响。从巴黎去阿尔勒不过七百千米，他竟把风光明媚的普罗旺斯幻想成日本。阿尔勒是古罗马的属地，古迹很多，居民兼有希腊、罗马、阿拉伯的血统，原是令人悠然怀古的名胜。凡·高却志不在此，一心一意只想追求艺术的新天地。

到阿尔勒后不久，他就在信上告诉弟弟：“此地有一座柱廊，叫作圣多芬门廊，我已经有点欣赏了。可是这地方太无情、太怪异，像一场中国式的噩梦，所以在我看来，就连这么宏伟风格的优美典范，也只属于另一世界；我真庆幸，我跟它毫不相干，正如跟罗马皇帝尼禄的另一世界没有关系一样，不管那世界有多壮丽。”

凡·高在信中不断提起日本，简直把日本当成亮丽色彩的代名词了。他对弟弟说：

“小镇四周的田野盖满了黄花与紫花，就像是——你能够体会吗？——一个日本美梦。”

由于接触有限，凡·高对中国的印象不正确，而对日本却一见倾心，诚然不幸。他对日本画的欣赏，也颇受高更的示范引导；去了阿尔勒之后，更进一步，用主观而武断的手法来处理色彩。向日葵，正是他对“黄色交响”的发挥，间接上，也是对阳光“黄色高调”的追求。

1888 年 8 月底，凡·高去阿尔勒半年之后，写信给弟弟说：“我正在努力作画，起劲得像马赛人吃鱼羹一样；要是你知道我是在画几幅大向日葵，就不会奇怪了。我手头正画着三幅油画……第三幅是画十二朵花与蕾插在一只黄瓶里（三十号大小）。所以这一幅是浅色衬着浅色，希望是最好的一幅。也许我不止画这么一幅。既然我盼望跟高更同住在自己的画室里，我就要把画室装潢起来。除了大向日葵，什么也不要……这计划要是能实现，就会有十二幅木版画。整组画将是蓝色和黄色的交响曲。每天早晨我都乘日出就动笔，因为向日葵谢得很快，所以要做到一气呵成。”

过了两个月，高更就去阿尔勒和凡·高同住了。不久两位画家因为艺术观点相异，屡起争执。凡·高本就生活失常，情绪紧张，加以一生积压了多少挫折，每天更冒着烈日劲风出门去赶画，甚至晚上还要在户外借着烛光捕捉夜景，疲惫之余，怎么还禁得起额外的刺激？圣诞前两天，他的狂疾初发。圣诞后两天，高更匆匆回去了巴黎。凡·高住院两周，又恢复作画，直到 1889 年 2 月 4 日，才再度发作，又卧病两周。1 月 23 日，在两次发作之间，他写给弟弟的一封长信，显示他对自己的这些向日葵颇为看重，而对高更的友情和见解仍然珍视。他说：

“如果你高兴，你可以展出这两幅向日葵。高更会乐于要一幅的，我也很愿意让高更大乐一下。所以这两幅里他要哪一幅都行，无论是哪一幅，我都可以再画一张。

“你看得出来，这些画该都抢眼。我倒要劝你自己收藏起来，只跟弟媳妇私下赏玩。这种画的格调会变的，你看得愈久，它就愈显得丰富。何况，你也知道，这些画高更非常喜欢。他对我说来说去，有一句是：‘那……正是……这种花。’

“你知道，芍药属于让南（Jeannin），蜀葵归于科斯特（Quost），可是向日葵多少该归我。”

足见凡·高对自己的向日葵信心颇坚，简直是当仁不让，非他莫属。这些光华照人的向日葵，后世知音之多，可证凡·高的预言不谬。在同一封信里，他甚至这么说：“如果我们所藏的蒙提切利那丛花值得收藏家出五百法郎，说真的也真值，则我敢对你发誓，我画的向日葵也值得那些苏格兰人或美国人出五百法郎。”

凡·高真是太谦虚了。五百法郎当时只值一百美金，他说这话，是在1888年。几乎整整一百年后，在1987年的3月，其中的一幅《向日葵》在伦敦拍卖所得，竟是画家当年自估的三十九万八千五百倍。要是凡·高知道了，会有什么感想呢？要是他知道，那幅《鸢尾花圃》售价竟高过《向日葵》，又会怎么说呢？

1890年2月，布鲁塞尔举办了一个“二十人展”（Les Vingt）。主办人通过提奥，邀请凡·高参展。凡·高寄了六张画去，《向日葵》也在其中，足见他对此画的自信。结果卖掉的一张不是《向日葵》，而是《红葡萄园》。非但如此，“向日葵”在那场画展中还受到屈辱。参展的画家里有一位专画宗教题材的，叫作德格鲁士（Henry de Groux），坚决不肯把自己的画和“那盆不堪的向日葵”一同展出。在庆祝画展开幕的酒会上，德格鲁士又骂不在场的凡·高，把他说成“笨瓜兼骗子”。劳特累克在场，气得要跟德格鲁士决斗。众画家好不容易把他们劝开。第二天，德格鲁士就退出了画展。

凡·高的《向日葵》在一般画册上，只见到四幅：两幅在伦敦，一幅在慕尼黑，一幅在阿姆斯特丹。凡·高最早的构想是“整组画将是蓝色和黄色的交响曲”，但是习见的这四幅里，只有一幅是把亮黄的花簇衬在浅蓝的背景上，其余三幅都是以黄衬黄，烘得人脸颊发燠。

荷兰原是郁金香的故乡，凡·高却不喜欢此花，反而认同法国的向日葵，也许是因为郁金香太秀气、太娇柔了，而粗茎糙叶、花序奔放、可充饲料的向日葵则富于泥土气与草根性，最能代表农民的精神。

凡·高嗜画向日葵，该有多重意义。向日葵昂头扭颈，从早到晚随着太阳转脸，有追光拜日的象征。德文的向日葵叫 Sonnenblume，跟英文的 Sunflower 一样。西班牙文叫此花为 girasol，是由 girar（旋转）跟 sol（太阳）二字合成，意为“绕太阳”，颇像中文。法文最简单了，把向日葵跟太阳索性都叫作 soleil。凡·高通晓西欧多种语文，更常用法文写信，当然不会错过这些含义。他自己不也追求光和色彩，因而也是一位拜日教徒吗？

其次，凡·高的头发棕里带红，更有“红头疯子”之称。他的自画像里，不但头发，就连络腮的胡髭也全是红焦焦的，跟向日葵的花盘颜色相似。至于 1889 年 9 月他在圣瑞米疯人院所绘的那张自画像（也就是我中译的《凡·高传》封面所见），胡子还棕里带红，头发简直就是金黄的火焰；若与他画的向日葵对照，岂不像纷披的花序吗？

因此，画向日葵即所以画太阳，亦即所以自画。太阳、向日葵、凡·高，圣三位一体。

另一本凡·高传记《尘世过客》（*Stranger on the Earth*）诠释此图说：“向日葵是有名的农民之花；据此而论，此花就等于农民的画像，也是自画像。它爽朗的光彩也是仿自太阳，而文森特之珍视太阳，已奉为上帝和慈母。此外，其状有若乳房，对这个渴望母爱的失意汉也许分外动人，不过此点并无确证。他自己（在给提奥的信中）也说过，向日葵是感恩的象征。”

从认识凡·高起，我就一直喜欢他画的向日葵，觉得那些挤在一只瓶里的花朵，辐射的金发，丰满的橘面，挺拔的绿茎，衬在一片淡柠檬黄的背景下，强烈地象征了天真而充沛的生命，而那深深浅浅交交错错织成的黄色暖调，对疲劳而受伤的视神经，真是无比美妙的按摩。每次面对此画，久久不甘移目，我都要贪馋地饱饫一番。

另一方面，向日葵苦追太阳的壮烈情操，有一种知其不可为而为之的志气，令人联想起中国神话的夸父追日，希腊神话的伊卡洛斯奔日。所以我在近作《向日葵》一诗里说：

你是挣不脱的夸父
飞不起来的伊卡洛斯
每天一次的轮回
从曙到暮
扭不屈之颈，昂不垂之头
去追一个高悬的号召

1990年4月

用伤口唱歌的诗人

——从《午夜削梨》看洛夫诗风之变

一位诗人的所谓“主观”，仍然要受环境“客观”的影响。

洛夫无疑是二十多年来中国最有分量的诗人之一。从早年的《灵河》到近年的《魔歌》，他的产量大，变化多，某些佳作已经攀登很高的境地。现代诗的视野，由于他的探索与突破，而更形扩大。像一切有分量的诗人一样，洛夫当然也不免有缺点，他的《石室之死亡》也许是现代诗中受评量最高的一部诗集。我觉得在他的诗史上，《石室之死亡》是一突变，《西贡诗抄》又是一突变，两次突变都和地理的变迁有关，可见一位诗人的所谓“主观”，仍然要受环境“客观”的影响。洛夫在诗途上的回头，他的“生活化”和“落实化”应该是始于《西贡诗抄》。无论他初期的作品曾有多少缺失，到目前为止，他丰厚的成就已经使他“功多于过”，且已成为中年一代诗人的一座重镇。他是五十年代屹立迄今的寥寥几座活火山之一。

一位重要诗人的失手之作和一位无关紧要的诗人的平庸之作，是颇有差异的。前者的毛病往往在于“失调”，例如想象过繁或是语言太紧；后者的毛病往往只是“贫弱”。前者贪功，过亦随之；后者只求无过，所以功亦无缘。前者是消化不良，后者是营养不足。我认为《石室之死亡》即使在失手之时，毛病也在失调，而不在贫弱；力量仍是有的，而且很强，只是没有打在要害。

洛夫是现代诗坛一位重量级的拳手，不久他便悟出了出拳之道，能放能收，命中率也颇高，不再像在《石室之死亡》里那样，几乎每一拳都使足十成力了。后期的作品，无论在意象或语言上，大半都匀出了足够的空间，让读者从容呼吸。近作《汉城诗抄》一辑中《晨游秘苑》一首，每段四行，句法伸缩自如，语气从容不迫，意境由实而虚，一结余韵无穷。全诗娓娓道来，给人的感觉，只使了六七成的气力，这才是一位高手真正成熟的表现。这么一首小品，不用典，不借重文言，而古典的情韵手到擭来，足证现代诗之“回归”已经到家，但仍然有不少人任意诬指现代诗是西化的产品，实在是不公平的。

《晨游秘苑》和《石室之死亡》任何一节，都像出于两人之手。洛夫诗风之变，幅度十分之大，目前已经很难指认一种风格为他的“常态”了。初期他的作品，意象繁富而大胆，音调强劲而快速，语言则刚烈而又紧凑，走的是孔武有力的路子。后期渐渐放松，结果其弹性反而增加，耐人寻味。在六十年代的早期，洛夫和痖弦都曾热衷于超现实主义，试验的结果，有得也有失。后来此风渐退，评者颇多，洛夫似乎也有了戒心，不再强调他这方面的倾向，并且想走路寻路，接通中国诗古典之禅境。其实超现实的手法，在确切把握主题的原则下，对于加强一首诗的感性，仍是有所帮助的。问题在于谁驾驭谁。如果是诗人驾驭了这种手法，当可增进他技巧的弹性，而且突破散文化的无谓交代。如果诗人驾驭无力，反而为其所乘，就危险了。洛夫后期的作品，虽然已经大异于前期，但是仍然保留了超现实手法造成的那种虚实相生疑真疑幻的惊奇之感。他最近的诗集题名《魔歌》，不是没有原因的。不过在他后期的作品里，这种惊奇感大致上是为主题服务，千变万化，自由联想，只是为了发挥主题的感性，并没有变形到迷失了主题。《汉城诗抄》之中《午夜削梨》一首，便是最好的例子。

午夜削梨

冷而且渴
我静静地望着
午夜的茶几上
一只韩国梨

那确是一只
触手冰凉的
闪着黄铜肤色的
梨

一刀剖开
它胸中
竟然藏有

一口好深好深的井

战栗着
拇指与食指轻轻捻起
一小片梨肉

白色无罪

刀子跌落
我弯下身子去找

啊！满地都是
我那黄铜色的皮肤

单论语言，这首诗实在纯净而明晰，绝少意象语，头两段更是白描。韩国属于北方的大陆性气候，干而且冷。五年前我去韩国，曾在庆州的佛国寺一宿，虽是夏末秋初，已有此感。第三段梨中有井的暗喻，感性十足。另一意象，也就是本诗的高潮，是诗末的顿悟。这顿悟并非凭空而来，在前文已经屡有伏笔。梨之人格化，先以梨皮喻人肤，继以梨心喻人胸，到了“白色无罪”，隐隐然已有人肉之想。到了诗末，抽象的人变成了具体的我。诗人弯腰去找刀子，触手惊觉竟是满地皮肤——自己的皮肤！你可以说这是想象、联想、暗喻，或是象征，可是在戏剧化的动作之中，物我忽然合一，那种似真似幻的惊疑感，其实是从超现实手法学来的绝活。这种手法当然也不全属“舶来”，中国成语里面也尽多“壶中日月”“袖里乾坤”“宰相肚里好撑船”之喻，活加运用，已足自给。

我读这首生动的小品，却有更深一层的感受。“梨”和“离”同音。朝鲜半岛活生生分为两个国家，三八线分界，真是“一刀剖下”，人民何罪，遭此国难。联想到自己的国家，也是山河不整，一峡中断，令人伤心。弯腰去找，找什么呢？找自己的真我、大我。如果刀象征分，则满地皮肤正是合。另一象征，诗人访韩，发现友邦本是兄弟之邦，文化风俗，原多相通，因此引发“满地都是我那黄铜色的皮肤”之感。这么解来，似乎也说得通。然则表面上是超现实主义的怪诞之作，深一层看，岂不是现实的委婉表现？也许洛夫自己并没有想到这么多，但是诗如冰山，隐藏在潜意识里面的究竟有多深，恐怕诗人自己也难决定。

《午夜削梨》的物我相喻与合一略如上析，其中还有一个特点通于洛夫其他作品，值得一述。那便是洛夫意象手法惯用的一着“苦肉计”。这说法是我发明的，自命对他的诗风颇为贴切。

洛夫诗中创造的世界，本质上是一个动的世界，他的意义，不在静态中展现，而在剧动中完成。那运动，往往不是顺向的谐和的行进，而是逆向的矛盾的冲突。他的诗中，意念不但赋予形象，而且赋予象征性极强的戏剧化动作。洛夫真可谓诗人中的动力学家，他的诗艺在这方面的成就，是罕能企及的。

你和一整匹夜赛跑

永远你领先一肩
直到你猛踢黑暗一窟窿
成太阳

这四行诗摘自我的《诗人——和陈子昂抬抬杠》，也颇接近前文所说的对抗运动，但这样的高潮在洛夫诗中出现得更多，往往也更猛烈。在现代诗人之中，恐怕没有谁比洛夫更爱用“炸裂”“砸碎”“激射”“猛扑”等饶有壮烈意味的动词了。下面是他的《醒之外》末二句：

你猛力抛起那颗涂磷的头颅
便与太阳互撞而俱焚

即使是在早期的诗中，这种夸张的剧动也已流露了出来，例如 1956 年的《石榴树》，结尾的两行：

哦！石榴已成熟，这动人的炸裂
每一颗都闪烁着光，闪烁着你的名字

但是在这一类对抗运动的诗里，洛夫最爱做也是最善于做的，便是把命豁出去，不惜牺牲自己，危害自己的器官，以完成那一幕幕壮烈而狂热的场面。

从灰烬中摸出千种冷中千种白的那只手
举起便成为一炸裂的太阳

——《石室之死亡》五十七节

睡眠中群兽奔来，思想之魔，火的羽翼，
巨大的爪蹄搥击我的胸脯如撞一口钟
回声，次第荡开
水似的一层层剥着皮肤

——《月亮·一把雪亮的刀子》

你们争相批驳我
以一柄颤悸的凿子

——《巨石之变》之五

我抚摸赤裸的自己
倾听内部的喧嚣于时间的尽头
且怔怔望着
碎裂的肌肤如何在风中片片扬起

——《巨石之变》之三

退役后
他就怕听自己骨骼错落的声音

——《国父纪念馆之晨》

这种虐待自己身体的“苦肉计”，是洛夫诗中咄咄逼人久而难忘的意象手法，也是他作品的一大特色。前文所引的《午夜削梨》那首诗里，诗人所削的对象，一番障眼法之后，竟从梨一变而为自己。切肤之痛，皮肉之苦，仍然不离自虐的手法。中国人当然也有“肝脑涂地”“肝肠寸断”“摧肝裂胆”等骇人想象的夸张意象，我却认为洛夫的“苦肉计”大半得力于超现实主义之感性联想。洛夫实在是一位用伤口唱歌的诗人。

不过，这种惊心动魄的自虐剧，无论多么有效，给人的印象多么深刻，却不宜再三演出。洛夫的这一类作品，有时令我想起凡·高的自画像和苏丁、柯柯希卡等的表现主义的风格。这也是洛夫的诗咸多甜少的原因。其实他的不少作品，与其说是咸，不如说是辛辣。洛夫是湖南人，想当能以辣自豪。他自然也有甜的诗，但不是纯甜，而是酸甜。前述的苦肉计，洛夫已经行之有年，几乎成了他的注册商标，删去作者名字，也能指认。这一点，他近期的作品仍未完全摆脱，例如在《汉城诗抄》里便偶尔会流露出来。但在他成功的近作如《午夜削梨》之中，他已经改采较低的姿势，含蓄得多。他的近作如《独饮十五行》《云堂旅社初夜》《晨游秘苑》和这首《午夜削梨》都浑成而自然，不见刀斧痕迹，值得再三赏味，诚然皆是上品。苦肉计的作品虽然有更大的震撼力，但低姿势的《晨游秘苑》等却更有余味。请看下面的几段诗：

看雪只能算是附带的事
酒后的事
朋友，雪在你身边睡着
我在你身边

站着

——《雪祭韩龙云》

飞檐的背后是

围墙

围墙的背后是

寝宫内熬银耳莲子汤的香味

门虚掩着，积雪上

有一行小小的脚印

想必昨又有一位宫女

蹑足蹓出苑去

——《晨游秘苑》

《雪祭韩龙云》的一段纯为静态。《晨游秘苑》的前一段本是静态，却因景物的逐层推进而生纵深的动感，就像在影片里，物体不动而被镜头带动那样。《晨游秘苑》的后一段，则出实入虚，由观察之静引出想象之动，十分高明。这三段诗各有胜处，《雪祭韩龙云》那段虽为单纯之静态，朴素之中仍能动人。足证洛夫动静皆宜，即使不用他所擅长的大动作的"苦肉计"，也能把握事物的精神的。

在第四十八期《创世纪》的谈诗小聚实录里，洛夫说："我们写诗已经三十年，如今写得少了，最大的原因，恐怕是很多眼睛在看着你，不能不谨慎……我们诗人最大的危机是过于缺乏理性力量的支持。诗虽然不是完全理性的东西，但在操纵语言时，仍然需要理性。我们虽不必完全依赖脑子去写诗，追求机械的结构，但必须考虑到一件艺术品的完整性，每一字每一句都应有其必要性和表现上的效果。诗人的本领是操纵语言和意象，而不是被语言和意象所操纵。”

洛夫在这段话里，显然大幅度修正了他早年的基本诗观。这是他自我约束也是自我超越的表现。在早期的若干作品里，他曾经险被语言和意象所乘，但到了后期，他终于置语言和意象于主题之下，使其为主题奔走了。超现实主义的虎背，他一度跨骑而难下，如今，他终于修成驭虎之道了。愿洛夫驱虎如驹，不断向前，因为在目前三五位决赛选手之中，他显然后劲可观。

1978 年 10 月

诗的三种读者

读者赏花。学者摘花。诗人采蜜。

不时有人会问我："诗应如何欣赏？"

这问题实在难以回答。如果问者是一个陌生人，我就会说："那要看你对诗有什么要求。如果你的目的只在追求'诗意'，满足美感，那就不必太伤脑筋，只要兴之所至，随意讽诵吟哦，做一个诗迷就行了。如果你志在做一位学者，那么诗就变成了学问，不再是纯粹的乐趣了。诗迷读诗，可以完全主观，也就是说，一切的标准取决于自己的口味。学者读诗，却必须尽量客观，在提出自己的意见之前，往往要多听别人的意见，在进入一首诗的核心之前，更需要多认识那首诗的背景和环境。学者对一首诗的'欣赏'，必须建基在'了解'之上。如果你志在做一位诗人，那读法又不同了。学者对一首诗的责任，在于了解，不但自己了解，还要帮助别人了解。诗人面对一首诗，尤其是一首好诗，尤其是一首新的好诗，往往像一个学徒面对着师父，总想学点什么手艺，不但目前使用，更待他日翻新出奇，把师父都比了下去。学者读诗，因为是做学问，所以必须耐下心来，读得彻底而又普遍，遇到不喜欢的作品，也不许绕道而过。诗人读诗，只要拣自己喜欢的作品就行，不喜欢的可以不理——这一点，诗人和一般读者相同。不同的是：一般读者读了自己喜欢的诗，就达到目的了，诗人却必须更进一步，不但读得高兴，还要举一反三，触类旁通，善加利用。譬如食物，一般读者但求可口，诗人于可口之外，更须注意摄取营养。”

当然，学者和诗人在本质上也都是读者，不过他们都是专业的读者，所以读法不同。非专业性的读者，可以称为“纯读者”。“纯读者”之中未必没有博学而高明的“解人”，只是他们不写文章，不以学者自命而已。

一般的纯读者，往往在少年时代爱上了诗。那种爱好往往很强烈，但也十分主观，而品味的范围也十分狭窄。纯读者对诗浅尝便止，欣赏的天地往往只限于三五位诗人的三五十首作品。因为缺乏比较，也无力分析，这几十首诗便垄断了他的美感经验，似乎天下之美尽止于此。纯读者的兴趣往往始于选集，也就终于选集，很少发展及于专业，更不可能进入全集。且以《唐诗三百首》为例，因为未选李贺，所以纯读者往往不读李贺。至于杜牧，因为所选九首之中，七绝占了七首，所以在纯读者的印象之中，他似乎成了专用七绝写柔美小品的诗人了。纯读者的品味能力，缺少锻炼，无由扩大，一过青年时代，往往也就不再发展了。

我在少年时代读诗，自命可恃直觉与顿悟，对于诗末的注解之类，没有耐心详阅。这种“不求甚解”的天才读法，对付“床前明月光”和“桂魄初生秋露微”一类的作品，也许可以，而遇到典故复杂背景特殊的一类，就所得无几了。学者读诗，没有一个能不看注解的。要充分了解一首诗，不能不熟悉作者的生平与时代，也不能不分析诸如格律、意象、结构等技巧。中国的传统研究往往太强调前者，西方的现代批评又往往太注重后者，如能两者相济，当较为平衡可行。诗的讲授、评论、注解、编选、翻译等等，都是学者的工作。

诗人又是另一种特别的读者。苏轼读诗，和朱熹读诗是不一样的。诗人读诗，固然也求了解别的诗人，但是更想触发自己创作的灵感。所以苏轼读了陶诗，便写了许多和陶之作。东坡集中，和韵次韵之作，竟占五分之一以上，那首有名的“人生到处知何似”也是为和子由而写的，但子由的原作却无人读了。杜甫之名句“转益多师是汝师”，正说明了，要做诗人，就要放开眼界，多读各家作品，才能找到自己要走的大道。低下的诗人只能抄袭字句，高明的诗人却能脱胎换骨，伟大的诗人则点铁成金，起死回生，无论所读的作品是好是坏，都能转化为自己的灵感。

读者读诗，有如初恋。学者读诗，有如选美。诗人读诗，有如择妻。

读者赏花。学者摘花。诗人采蜜。

1979 年夏

诺贝尔文学奖

诺贝尔文学奖实在应该视为西洋文学奖，而非世界文学奖。

1975 年的诺贝尔文学奖，近因法国一群学者提名巴金与茅盾为正副候选人，而引起各方面的注意。10 月 23 日，瑞典学院已经宣布，今年的得主是现年七十九岁的意大利诗人埃乌杰尼奥 · 蒙塔莱（Eugenio Montale）。意大利的诗人获得诺贝尔文学奖，这已经是第二次了。第一次是在 1959 年，得主是夸西莫多。据称，蒙塔莱曾把艾略特的诗介绍给意大利的文坛，而他自己的诗呢，也受了艾略特的影响，颇为难懂。看来君临欧洲垂半世纪之久的现代主义，仍如百足之虫，死而不僵。

诺贝尔文学奖，七十五年来，一直被各国视为世界性的荣誉，可是责难之声，也时有所闻。实际上，瑞典学院的选择，确也往往有欠公正。例如 1902 年此奖颁给了德国的史学家蒙森，而落选者的名单却包括托尔斯泰。

当时托尔斯泰已经七十四岁，《战争与和平》《安娜·卡列尼娜》等杰作早已闻于全欧，在西方文坛可谓不做第二人想。瑞典学院却宣称，尽管托尔斯泰是一位大作家，他对道德的态度仍不够坚定，对宗教的认识也不够深刻，却公然批评《圣经》。拥托派当然气得半死，而那年提名哲学家斯宾塞的英国名流，也十分不悦。其他的落选者，还有英国的梅瑞迪斯与叶芝、意大利的卡尔杜齐、德国的豪普特曼、波兰的显克微支等等。其实，当时叶芝只有三十七岁，真正的杰作尚未动笔，论成就自然还不够参加竞选。

可是拥托派并没有死心。1903 年，法国作家法朗士，也是后来 1921 年的得奖人，向瑞典学院依次提名托尔斯泰、勃兰兑斯、梅特林克为该届候选人。可是瑞典学院的兴趣，却专注在近邻挪威的文坛，要在易卜生与比昂松之间做一选择。结果呢，正如前一年舍托尔斯泰而取蒙森，竟然是摈易卜生而拥比昂松。当时易卜生是七十五岁，比昂松是七十一岁。对于挪威人来说，易卜生是最伟大的剧作家，比昂松则是最杰出的诗人兼小说作家；可是对于世界文坛而言，易卜生的影响自然远在比昂松之上，对于中国后来的新文学而言，尤为如此。实际上呢，挪威自十四世纪以来本为丹麦的一部分，1814 年并入瑞典成为属国。比昂松是强烈反瑞的民族诗人，诺贝尔文学奖所以颁给他，不免有点政治安抚的意味。

这些都是诺贝尔奖初办时的例子，但后来的表现也屡有失误，不能为文学史所欣然接受。例如在得奖的美国作家之中，赛珍珠和斯坦贝克两位，就不能尽孚众望，一般美国文学史和文学选集里，甚至不列赛珍珠之名。而英国的得主中，高尔斯华绥的评价也不复当年那么崇高。相反地，二十世纪西方文坛的一些大师，如里尔克、卡夫卡、哈代、劳伦斯、奥威尔、赫胥黎等等，都未得奖。至少在我看来，《百兽图》与《一九八四》的作者奥威尔，对于集权政制的深刻体认，并不逊于索尔仁尼琴。

站在中国人的立场，我认为瑞典学院的取舍，是以白人本位为标准的，未能超越人种的偏见与文化的隔阂。诺贝尔文学奖实在应该视为西洋文学奖，而非世界文学奖。从 1901 年到现在，除了有七年出于战争或其他缘故未颁奖之外，余下的六十八年中，有三年都是由两人共得，因此得主共为七十一位。其中欧洲作家占了五十八位，国籍依得主的多寡分为法国（十二位），瑞典（七位），英国、德国（均为六位），意大利（四位），挪威、丹麦、西班牙、苏联（均为三位），瑞士、波兰、爱尔兰（均为二位），比利时、希腊、南斯拉夫、冰岛、芬兰（各为一位）；美洲方面占了九位，计美国六位、智利二位、危地马拉一位；澳洲一位；亚洲三位，即印度、以色列、日本各一位。从这个小小统计，可见七十年来，非白人的作家而获得诺贝尔文学奖者，只得两人，显有所偏。即使白人之中，也偏于北欧地区：瑞典、挪威、丹麦、芬兰、冰岛五国，人口相加，不过二千四百万，未达世界人口百分之一，却得了十五次奖。

政治上的因素除外，诺贝尔文学奖未能做到天下为公，显然尚有文化的因素，尤其是语言上的隔阂。瑞典的学术界固然也不乏类似高本汉的汉学家，可是要从白话文来鉴别中国新文学的高下，我很怀疑瑞典学院诸公是否胜任愉快。他们当然可以看翻译，但是那样显然不平等。西方作家可以保持原文，不受扭曲，东方作家却要以走了样的译文去参加比赛，当然是委屈的。“草木有本心，何求美人折？”东方的作家大可不必去抬西方的轿子。

尽管如此，果真有一位中国作家能得到诺贝尔文学奖，也还是令人高兴的。巴金与茅盾今年有人提名，在台港与海外中国人之间，曾引起一番议论。梁实秋先生在台北发表谈话，认为巴金成就不足，老舍才是更适当的人选。不少朋友听了，表示同感。可是老舍已经亡故，三十年代的重要作家亦多凋零，或则无语，令人常兴“欲祭疑君在”之感。其实，在小说家里面，沈从文应该是首选人物，在海外，则应推张爱玲，可惜两人都多年没有或竟不能继续创作。当代中国作家最大的奢望，是在自由而安定的环境下继续创作，以维新文学的命运于不坠。至于得不得诺贝尔文学奖，倒是无关紧要的。

1975年11月

钞票与文化

一个国家愿意把什么样的人物放上钞票，正说明那国家崇尚的是什么样的价值。

1

《世说新语》说王夷甫玄远自高，口不言钱，只叫它作“阿堵物”。换了现代口语，便是“这东西”。中国人把富而伧俗讥为“铜臭”，英文也有“臭钱”（stinking money）之说，所以说人钱多是“富得发臭”（stinking rich）。

英国现代诗人兼历史小说家格雷夫斯（Robert Graves）写诗不很得意，小说却雅俗共赏，十分畅销，甚至拍成电视。带点自嘲兼自宽，他说过一句名言：“若说诗中无钱，钱中又何曾有诗。”

钱中果真没有诗吗？也不见得。有些国家的钞票上不但画了诗人的像，甚至还印上他的诗句。例如苏格兰五镑的钞票上就有彭斯画像，西班牙二千元钞票上正面是希梅内思的大头，反面还印出他诗句的手稿。

钞票上的人像未必是什么杰作，但往往栩栩传神，当然多是细线密点，属于工笔画一类。高更跟凡·高在黄屋里吵架，曾经讽刺凡·高："你的头脑跟你的颜料盒子一样混乱。欧洲每一个设计邮票的画家你都佩服。"高更善辩，更会损人。他这么看不起邮票画家，想必对钞票画家也一视同其不仁。其实画家上钞票的也不算少：例如荷兰画家哈尔斯（Frans Hals）与法国画家拉图尔（Maurice Quentin de Latour）都上了本国的钞票；至于德拉克洛瓦与塞尚，也先后上了法郎，名画的片段更成了插图；比利时的恩索尔（James Ensor）也上了比利时法郎，带着他画中的画具和骷髅。

匆忙而又紧张的国际旅客，在计算汇率点数外币之余，简直没有时间更无闲情去辨认，那些七彩缤纷的钞票上，究竟画的是什么人头。其实他只要匆匆一瞥，知道那是五十马克或者一万里拉，已经够了。画像是谁，对币值有什么影响？如果他周游好几个国家，钞票上的人头就走马灯般不断更换。法郎上的还未看清，卢布上的新面孔已经跟你打招呼了。那些面孔的旁边，不一定附上人名。在这方面，法郎最有条理，一定注明是谁。苏格兰人就很奇怪：彭斯像旁有名，司各特就没有。熟谙英国文学的人当然认得《撒克逊劫后英雄略》的作者，但是一般观光客又怎能索解？

意大利五万里拉的币面，是浓眉大眼、茂发美髭的人像，那敏感的眼神、陡峭的下颏，十足艺术家的倜傥。再看纸币背后的骑者雕像，颇似君士坦丁大帝，我已经猜到七分。但为确认无误，我又翻回正面，寻找人头旁边有无注名，却一无所获。终于发现衣领的边缘，有一条弯弯的细线似断似续，形迹可疑。在两面放大镜的重叠之下，发现原来正是一再重复的名字Gian Lorenzo Bernini，每个字母只有四分之一厘米宽。这隐名术岂是粗心旅客所能识破？我相信，连意大利人自己也没有多少会起疑吧？

有些国家的钞票，即使把画像注上名字，也没有多少游客能解。例如希腊币五十元（Draxmai Penteconta）正面的头像，须发茂密而且卷曲如浪，正是海神波塞冬（Poseidon），可是下面注的超细名字却是希腊文Ποσειδϖν。就算在放大镜下勉强看出来了，也没有几人解得了码。更有趣的是：钞票上端的一行希腊文，意思虽然是"希腊银行"，但其国名不是我们习见的Greece，而是希腊人自称的Hellas（亦即中文译名所本），不过在现代希腊文里又简称Ellas，所以在钞票上的原文是ΕΛΛΑΔΟΣ。至于一百元希腊币上的女战士头像，长发戴盔，鼻脊峭直，则是雅典的守护神雅典娜（Athena，全名Pallas Athena）。这两张希腊币令人想起：当初雅典建城，需要命名，海神波塞冬与智慧兼艺术之神雅典娜争持不下。众神议定，谁献的礼最有益人类，就以谁命名。海神创造了马，雅典娜创造了橄榄树，众神选了雅典娜。也因此，一百元希腊币的背面画了美丽的橄榄枝叶。

2

民国以来，我们惯于在钞票上见到政治人物，似乎供上这样的"圣像"（icon）是天经地义。常去欧洲的旅客会发现：未必如此。大致说来，君主立宪制国家多用君主的头像，例如瑞典、丹麦、英国，但是荷兰与西班牙的君主只上硬币，却不上软钞。某些议会制国家如法国、德国、意大利等都不让元首露面，像戴高乐这样的英雄，都没有上过法郎。

美钞虽然人人欢迎，但那绿钱上的面孔，除了百元上的富兰克林之外，清一色是政治人物，其中只有汉密尔顿不是总统。截然相反的是法郎，我收藏的八张法郎上面是这样的人物：十法郎，作曲家柏辽兹；二十法郎，作曲家德彪西；五十法郎，画家拉图尔；新五十法郎，作家圣埃克苏佩里；一百法郎，画家德拉克洛瓦；新一百法郎，画家塞尚；二百法郎，法学家孟德斯鸠；五百法郎，科学家居里夫妇。

英镑的风格则介于美国的泛政治与法国的崇人文之间：有科学家，也有文学家，但是只能出现在钞票的背面，至于正面，还得让给女王。最有趣的该是十英镑，共有新旧两版。新版上女王看来老些，像在中年后期；背后的画像则是晚年的狄更斯，下有文豪的签名，对面是名著《匹克威克外传》的插图——板球赛的一景。旧版上的女王青春犹盛；背后的画像竟是另一女子，发线中分，戴着白纱头布，穿着护士长袍，眼神与唇态温婉中含着坚定，背景的画面则是她手持油灯在伤兵的病床间巡房，一圈圈的光晕洋溢如光轮。她正是南丁格尔：也只有她，才能和女王平分尊贵。更感人的是，把钞票迎光透视，可见水印似真似幻，浮漾的却是护士，不是女王。但是狄更斯那张，水印里是女王而非作家，女王像旁注的不是“伊丽莎白二世”，而是特别的缩写字样（E Ⅱ R），全写当为 Elizabetha Regina（拉丁文伊丽莎白女王）。

3

这么一路随兴说来，读者眼前若无这些缤纷的纸币，未免失之洞空，太不过瘾。不如让我选出三张最令我惊艳的来，说得细些，好落实我这“见钱开眼”的另类美学家，怎么在铜臭的钞票堆里嗅出芬芳的文化。

苏格兰五镑的钞票，正面是诗人彭斯（Robert Burns）的半身像，看来只有二十七八岁，脸颊丰满，眼神凝定，握着一管羽毛笔，好像写作正到中途，停笔沉思。翻到反面，只见暗绿的基调上，一只“硕鼠”乱须潦草，正匍匐于麦秆；背后的玫瑰枝头花开正艳。原来这些都是彭斯名作的主题。诗人出身农民，某次犁田毁了鼠窝，野鼠仓皇而逃。诗人写了《哀鼠》（*To a Mouse*）一首，深表歉意，诗末彭斯自伤身世，叹息自己也是前程茫茫，与鼠何异。诗中名句：“人、鼠再精打细算 / 到头来一样失算。”（The best laid schemes o'mice an'men / Gang aft a - gley.）后来成了小说家斯坦贝克《人鼠之间》（*Of Mice and Men*）书名的出处。至于枝头玫瑰，则是纪念彭斯的另一名作《吾爱像红而又红的玫瑰》，其中“海干石化”之喻，中国读者当似曾相识。

这张钞票情深韵长，是我英诗班上最美丽的教材。

我三访西班牙，留下了三张西币：一百 peseta 上的头像是作曲家法雅，一千元上的是小说家高尔多思，二千元上的是诗人希梅内思（Juan Ramon Jiménez）。希梅内思这一张以玫瑰红为基调，诗人的大头，浓眉盛须，巨眸隆准，极富拉丁男子刚亢之美。旁边有白玫瑰一、红玫瑰三，其二含苞未绽。反面也有一丛玫瑰，组合相同。但是最令我兴奋的，是右上角诗人的手迹：IAllá vaelolor de larosa！/ iCóje laen tu sinraón！书法酣畅奔放，且多连写，不易解读。承蒙淡江大学外语学院林耀福院长代向两位西班牙文教授乞援，得知诗意当为“玫瑰正飘香，且忘情赞赏！”钞票面印上这么忘情的诗句，真不愧西班牙的浪漫。

一百法郎的旧钞上，正面居中是浪漫派大师德拉克洛瓦的自画像，面容瘦削，神态在冷肃矜持之中不失高雅，一手掌着调色板，插着画笔。背景是他的名作《自由引导人民》的局部，显示半裸的女神一手扬着法国革命的三色旗，一手握着长枪，领着巴黎的民众在硝烟中前进。背面则将他的自画像侧向左边，右手却握了一支羽毛笔。这姿势表示他正在记他有名的《日记》，其中的艺术评论及艺术史料为后世所珍。

一个国家愿意把什么样的人物放上钞票，不但让本国人朝夕面对，也让全世界的旅客得以瞻仰，正说明那国家崇尚的是什么样的价值，值得我们好好研究。一个旅客如果忙得或懒得连那些人头都一概不识，就太可惜了。如此“瞎拼”一趟回来，岂非“买椟还珠”？

钞票上岂但有诗，还有艺术、有常识、有历史，还有许许多多可以学习，甚至破解的外文。

书斋·书灾

谁要能把自己的藏书读完，一定会成为大学者。

物以类聚，我的朋友大半也是书呆子。很少有朋友约我去户外恋爱春天。大半的时间，我总是与书为伍。大半的时间，总是把自己关在六叠之上、四壁之中，制造氮气，做白日梦。我的书斋，既不像沃波尔（Horace Walpole）中世纪的哥特式城堡那么豪华，也不像格鲁布街（Grub Street）的阁楼那么寒酸。我的藏书不多，也没有统计，在一千册左右。“书到用时方恨少”，花了那么多钱买书，要查点什么仍然不够应付。有用的时候，往往发现某本书给朋友借去了没还来。没用的时候，它们简直满坑满谷；书架上排列得整整齐齐之外，案头、椅子上、唱机上、窗台上、床上、床下，到处都是。由于为杂志写稿，也编过刊物，我的书城之中，除了居民之外，还有许多来来往往的流动户口，例如《文学杂志》《现代文学》《中外》《蓝星》《作品》《文坛》《自由青年》等等，自然，更有数以百计的《文星》。

“腹有诗书气自华。”奈何那些诗书大半不在腹中，而在架上、架下、墙隅，甚至书桌脚下。我的书斋经常在闹书灾，令我的太太、岳母和擦地板的下女顾而绝望。下女每逢擦地板，总把架后或床底的书一股脑儿堆在我床上。我的岳母甚且几度提议，用秦始皇的方法来解决。有一次，在台风期间，中和乡大闹水灾，夏菁家里数千份《蓝星》随波逐流，待风息水退，乃发现地板上、厨房里、厕所中、狗屋顶，甚至院中的树上，或正或反，举目皆是《蓝星》。如果厦门街也有这么一次水灾，则在我家，水灾过后，必有更严重的书灾。

你会说，既然怕铅字为祸，为什么不好好整理一下，使各就其位，取之即来呢？不可能，不可能！我的答复是不可能。凡有几本书的人，大概都会了解，理书是多么麻烦，同时也是多么消耗时间的一件事。对于一个书呆子，理书是带一点回忆的哀愁的。喏，这本书的扉页上写着：“一九五二年四月购于台北。”（那时你还没有大学毕业哪！）那本书的封底里页，记着一个女友可爱的通信地址（现在不必记了，她的地址就是我的。可叹，可叹！这是幸福，还是迷惘？）有一本书上写着：“赠余光中，一九五九年于艾奥瓦城。”（作者已经死了，他巍峨的背影已步入文学史。将来，我的女儿们在文学史中读到他时，有什么感觉呢？）另一本书令我想起一位好朋友，他正在太平洋彼岸的一个小镇上穷泡，好久不写诗了。翻开这本红面烫金古色古香的诗集，不料一张叶脉毕呈、枯脆欲断的橡树叶子，翩翩地飘落在地上。这是哪一个秋天的幽灵呢？那么多书，那么多束信，那么多叠压的手稿！我来过，我爱过，我失去——该是每块墓碑上都适用的墓志铭。而这，也是每位作家整理旧书时必有的感想。谁能把自己的回忆整理清楚呢？

何况一面理书，一面还要看书。书是看不完的，尤其是自己的藏书。谁要能把自己的藏书读完，一定会成为大学者。有的人看书必借，借书必不还。有的人看书必买，买了必不看完。我属于后者。我的不少朋友属于前者。这种分类法当然纯粹是主观的。有一度，发现自己的一些好书，甚至是绝版的好书，被朋友们久借不还，甚至于久催不理，我愤怒得考虑写一篇文章，声讨这批雅贼，不，"雅盗"，因为他们的罪行是公开的。不久我就打消这念头了，因为发现自己也未能尽免"雅盗"的作风。架上正摆着的，就有几本向朋友久借未还的书——有一本论诗的大著是向淡江某同事借的，已经半年多没还了，他也没来催。当然这么短的"侨居"还不到"归化"的程度。有一本《美国文学的传统》下卷，原是从朱立民先生处借来，后来他料我毫无还意，绝望了，索性声明是送给我的，而且附赠了上卷。在十几册因久借而"归化"了的书中，大部分是台大外文系的财产。它们的"侨龄"都已逾十一年。据说系图书馆的管理员仍是当年那位女士，吓得我十年来不敢跨进她的辖区。借钱不还，是不道德的事。书也是钱买的，但在"文艺无国界"的心理下，似乎借书不还是一件不值一提的事了。

除了久借不还的以外，还有不少书——简直有三四十册——是欠账买来的。它们都是向某家书店"买"来的，"买"是买来了，但几年来一直未曾付账。当然我也有抵押品——那家书店为我销售了百多本的《万圣节》和《钟乳石》，也始终未曾结算。不过我必须立刻声明，到目前为止，那家书店欠我的远少于我欠书店的。我想我没有记错，或者可以说，没有估计错，否则我不会一直任其发展而保持缄默。大概书店老板也以为他欠我较多，而容忍了这么久。

除了上述两种来历不太光荣的书外，一部分的藏书是作家朋友的赠书。其中绝大多数是中文的新诗集，其次是小说、散文、批评和翻译，自然也有少数英文，乃至法文、韩文和土耳其文的著作。这些赠书当然是来历光明的，因为扉页上都有原作者或译者的亲笔题字，更加可贵。可是，坦白地说，这一类的书，我也很少全部详细拜读完毕的。我敢说，没有一位作家会把别的作家的赠书一一览尽。英国作家贝洛克（Hilaire Belloc）有两行谐诗：

When I am dead，I hope it may be said：
"His sins were scarlet，but his books were read."

勉强译成中文，就成为：

当我死时，我希望人们会说：
“他的罪深红，但他的书确实读过。”

此地的read是双关的，它既是“读”的过去分词，又和“红”（red）同音，因此不可能译得传神。贝洛克的意思，无论一个人如何罪孽深重，只要他的著作真有人当回事地拜读过，也就算难能可贵了。一个人，尤其是一位作家之无法遍读他人的赠书，由此可以想见。每个月平均要收到三四十种赠书（包括刊物），我必须坦白承认，我既无时间逐一拜读，也无全部拜读的欲望。事实上，太多的大著，只要一瞥封面上作者的名字，或是多么庸俗可笑的书名，你就没有胃口开卷饕餮了。世界上只有两种作家——好的和坏的。除了一些奇迹式的例外，坏的作家从来不会变成好的作家。我写上面这段话，也许会莫须有地得罪不少赠书的作家朋友。不过我可以立刻反问他们："不要动怒。你们可以反省一下，曾经读完甚至部分读过我的赠书没有？"我想，他们大半不敢遽作肯定的回答的。那些"难懂"的现代诗，那些"嚼饭喂人"的译诗，谁能够强人拜读呢？十九世纪牛津大学教授道奇森（C.L. Dodgson，笔名 Lewis Carrol）曾将他著的童话小说《爱丽丝漫游奇境记》（*Alice in Wonderland*），呈献一册给维多利亚女王。女王很喜欢那本书，要道奇森教授将他以后的作品见赠。不久她果然收到他的第二本大著——一本厚厚的数学论文。我想，女王该不会读完第一页的。

第三类的书该是自己的作品了。它们包括四本诗集、三本译诗集、一本翻译小说、一本翻译传记。这些书中，有的尚存三四百册，有的仅余十数本，有的甚至已经绝版。到现在我仍清晰地记得印第一本书时患得患失的心情。出版的那一晚，我曾经兴奋得终宵失眠，幻想着第二天那本小书该如何震撼整个文坛，如何再版、三版，像拜伦那样传奇式地成名。为那本书写书评的梁实秋先生，并不那么乐观。他预计："顶多销三百本。你就印五百本好了。"结果我印了一千册，在半年之内销了三百四十多册。不久我因参加第一届大专毕业生的预官受训，未再继续委托书店销售。现在早给周梦蝶先生销光了。目前我业已发表而迄未印行成集的，有五种诗集、一本《现代诗选译》、一本《查斯德菲尔德家书》、一本画家保罗·克利的评传和两种散文集。如果我不夭亡——当然，买半票，充"神童"的年代早已逝去——到五十岁时，希望自己已是拥有五十本作品（包括翻译）的作家，其中至少应有二十种诗集。对九缪斯许的这个愿，恐怕是太大了一点。然而照目前写作的“产量”看来，打个六折，有三十本是绝对不成问题的。

最后一类藏书，远超过上述三类的总和。它们是我付现买来、积少成多的中英文书籍。惭愧得很，中文书和英文书的比例，十多年来，愈来愈悬殊了。目前大概是三比七。大多数的书呆子，既读书，亦玩书。读书是读书的内容，玩书则是玩书的外表。书确是可以“玩”的。一本印刷精美、封面华丽的书，其物质的本身就是一种美的存在。我之所以买了那么多的英文书，尤其是缤纷绚烂的袖珍版丛书，对那些七色鲜明、设计潇洒的封面一见倾心，往往是重大的原因。“企鹅丛书”（Penguin Books）的典雅，“现代丛书”（Modern Library）的端庄，“袖珍丛书”（Pocket Books）的活泼，“人人丛书”（Everyman's Library）的古拙，“花园城丛书”（Garden City Books）的豪华，瑞士“史基拉艺术丛书”（Skira Art Books）的富丽堂皇、尽善尽美……这些都是使蠹鱼们神游书斋的乐事。资深的书呆子通常有一种不可救药的毛病。他们爱坐在书桌前，并不一定要读哪一本书，或研究哪一个问题，只是喜欢这本摸摸，那本翻翻，相相封面，看看插图和目录，并且嗅嗅（尤其是新书的）怪好闻的纸香和油墨味。就这样，一个昂贵的下午用完了。

约翰生博士曾经说，既然我们不能读完一切应读的书，则我们何不任性而读？我的读书便是如此。在大学时代，出于一种攀龙附凤、进香朝圣的心情，我曾经遵循文学史的指点，自勉自励地读完八百多页的《汤姆·琼斯》、七百页左右的《名利场》，甚至咬牙切齿、边读边骂地咽下了《自我主义者》。自从毕业后，这种啃劲愈来愈差了。到目前忙着写诗、译诗、编诗、教诗、论诗，五马分尸之余，几乎毫无时间读诗，甚至无时间读书了。架上的书，永远多于腹中的书；读完的藏书，恐怕不到十分之三。尽管如此，“玩”书的毛病始终没有痊愈。由于常“玩”，我相当熟悉许多并未读完的书，要参考某一意见，或引用某段文字，很容易就能翻到那一页。事实上，有些书是非玩它一个时期不能欣赏的。例如凡·高的画集，卡明斯的诗集，就需要久玩才能玩熟。

然而，十年玩下来了，我仍然不满意自己这书斋。由于太小，书斋之中一直闹着书灾。那些漫山遍野、满坑满谷、汗人而不充栋的洋装书，就像一批批永远取缔不了的流氓一样，没法加以安置。由于是日式，它嫌矮，而且像一朵“背日葵”那样，永远朝北，绝对晒不到太阳。如果中国多了一个阴郁的作家，这间北向的书房应该负责。坐在这扇北向之窗的阴影里，我好像冷藏在冰箱中的一只满孕着南方的水果。白昼，我似乎沉浸在海底，岑寂的幽暗奏着灰色的音乐。夜间，我似乎听得见因纽特人雪橇滑行之声，而北极星的长髯垂下来，铮铮然，敲响串串的白钟乳。

可是，在这间艺术的冷宫中，有许多回忆仍是炽热的。朋友来访，我常爱请他们来这里座谈，而不去客厅，似乎这里是我的“文化背景”，不来这里，友情的铅锤落不到我的心底。弗罗斯特的凝视悬在壁上，我的缪斯是男性的。在这里，我曾经听吴望尧——现代诗一位失踪的王子，为我讲一些猩红热和翡冷翠的鬼故事。在这里，黄用给我看到几乎是他全部的作品，并且磨利了他那柄冰冷的批评。在这里，王敬羲第一次遭遇黄用，但是，使我们大失所望，并没有吵架。在这里，陈立峰——一个风骨凛然的编辑，也曾遗下一朵黑色的回忆……比起这些回忆，零乱的书籍显得整齐多了。

1963年4月15日

那平行的双轨一路从天边疾射而来，
像远方伸来的双手，要把我接去未知；
不可久视，久视便受它催眠。

记忆像铁轨一样长

第四辑

DI SI JI

何曾
千里共婵娟

中秋前夕，善写月色的小说家张爱玲被人发现死于洛杉矶的寓所。

中秋前夕，善写月色的小说家张爱玲被人发现死于洛杉矶的寓所，为状安详，享年七十五岁。消息传来，震惊台港文坛，哀悼的文章不断见于报刊，盛况令人想起高阳之殁。张爱玲的小说世界哀艳苍凉，她自己则以迟暮之年客死他乡，不但身边没有一个亲友，甚至殁后数日才经人发现，也够苍凉的了。这一切，我觉得引人哀思则有之，却不必遗憾。因为张爱玲的杰作早在年轻时就已完成，就连后来的《秧歌》，也出版于三十四岁，她在有生之年已经将自己的上海经验从容写出。时间，对她的后半生并不那么重要，而她的美国经验，正如对不少旅美的华人作家一样，对她也没有多大意义。反之，沈从文不到五十岁就因为政治压力而封笔，徐志摩、梁遇春、陆蠡更因为夭亡而未竟全功，才真是令人遗憾。

张爱玲活跃于抗战末期沦为孤岛的上海，既不相信左翼作家的“进步”思想，也不热衷现代文学的“前卫”技巧，却能兼采中国旧小说的家庭伦理、市井风味，和西方小说的道德关怀、心理探讨，用富于感性的精确语文娓娓道来，将小说的艺术提高到纯熟而微妙的境地。但是在当时的文坛上，她既不进步，也不前卫，只被当成“不入流”的言情小说作家，亦即所谓“鸳鸯蝴蝶派”。另一方面，钱锺书也是既不进步，也不前卫，却兼采中西讽刺文学之长，以散文家之笔写新儒林的百态，嬉笑怒骂皆成妙文。当代文坛各家在《人·兽·鬼》与《围城》里，几被一网打尽，所以文坛的“主流派”当然也容不得他。此二人上不了文学史，尤其是当年大陆的文学史，乃理所当然。

直到夏志清写《中国现代小说史》，才为二人各辟一章，把他们和鲁迅、茅盾等量齐观，视为小说艺术之重镇。今日张爱玲之遍受推崇，已经似乎理所当然，但其地位之超凡入圣，其“经典化”（canonization）之历程却从夏志清开始。《中国现代小说史》出版于1961年，但早在1948年，我还在金陵大学读书，就已看过《围城》，十分倾倒，视为奇书妙文。倒是张爱玲的小说我只有道听途说，印象却是言情之作，直到读了夏志清的巨著，方才正视这件事情。早在三十多年前，夏志清就毫不含糊地告诉这世界：“张爱玲该是今日中国最优秀最重要的作家。仅以短篇小说而论，她的成就堪与英美现代女文豪如曼殊菲儿、泡特、韦尔蒂、麦克勒斯之流相比，有些地方，她恐怕还要高明一筹……《金锁记》长达五十页，据我看来，这是中国从古以来最伟大的中篇小说。”

一位杰出的评论家不但要有学问，还要有见解，才能慧眼独具，识天才于未显。更可贵的是在识才之余，还有胆识把他的发现昭告天下：这就是道德的勇气、艺术的良心了。所以杰出的评论家不但是智者，还应是勇者。今日而来推崇张爱玲，似乎理所当然，但是三十多年前在“左”倾成风的美国评论界，要斩钉截铁，肯定张爱玲、钱锺书、沈从文等的成就，到与鲁迅相提并论的地步，却需要智勇兼备的真正学者。一部文学史是由这样的学者写出来的。英国小说家本尼特（Arnold Bennett）在《经典如何产生》一文中就指出，一部作品所以能成为经典，全是因为最初有三两智勇之士发现了一部杰作，不但看得准确，而且说得坚决，一口咬定就是此书；世俗之人将信将疑，无可无不可，却因意志薄弱，自信动摇，禁不起时光再从旁助阵，终于也就人云亦云，渐成“共识”了。在夏志清之前，上海文坛也有三五慧眼识张于流俗之间，但是没有人像夏志清那样在正式的学术论著之中把她“经典化”。夏志清不但写了一部《中国现代小说史》，也只手改写了中国的新文学史。

杰出的小说家必须有散文高手的功力，舍此，则人物刻画、心理探索、场景描写、对话经营等都无所附丽。张爱玲的文字，无论是在小说或散文里，都不同凡响，但是她无意追求“前卫”，不像某些现代小说名家那样在文字的经营上刻意求工、锐意求奇。她的文字往往用得恰如其分，并不铺张逞能，这正是她聪明之处。夏志清以她的散文《谈音乐》为例，印证她捕捉感性的功夫。“火腿咸肉花生油搁得日子久，变了味，有一种‘油哈’气，那个我也喜欢，使油更油得厉害，烂熟，丰盈，如同古时候的‘米烂陈仓’。”如此真切的感性，在张爱玲笔下娓娓道来，浑成而又自然，才是真正大家的国色天香。

张爱玲不但是散文家，也兼擅编剧与翻译。她常把自己的小说译成英文或中文，也译过《老人与海》《鹿苑长春》《浪子与善女人》《海上花列传》，甚至陈纪滢的《荻村传》，也译过一点诗。林以亮（宋淇笔名）为今日世界出版社编选的《美国诗选》出版于 1961 年，由梁实秋、张爱玲、邢光祖、林以亮、夏菁和我六人合译，我译得最多，几近此书之半，张爱玲译得很少，只有爱默生五首、梭罗三首。宋淇是她的好友，又欣赏她的译笔，所以邀她合译，以壮阵容。

宋淇和张爱玲都熟悉上海生活，习说沪语，在上海时已经认识。五十年代初，他们在香港美新处同过事，后来宋淇在电懋影业公司工作，张爱玲又为电懋编写剧本《南北一家亲》及《人财两得》。经过多年的交往，宋淇及其夫人邝文美已成张爱玲的知己；由于张爱玲晚年鲜与外界往来，许多出版界的人士要与她联络，往往经过宋淇，皇冠出版她的作品，即由宋淇安排开始。张爱玲与宋淇的深交由此可见，所以她在遗嘱中交代，所有遗物与作品委托宋淇全权处理。宋淇知她既深，才学又高，更难得的是处事井然有条，当然是托对了人。如果是在十年前，宋淇处理她的遗嘱，必然胜任愉快，有宋夫人相助，更不成问题。但是张爱玲似乎忘了，宋淇比她还长一岁，也垂垂老矣，近年病情转重，甚至一步也离不了氧气罩。最近逢年过节，我打电话去香港问候宋淇，都由宋夫人代接代答了，令我不胜怅惘，深为故人担忧。其实宋夫人自己也有病在身，几年前甚至克服了癌症。两位老人如今真是相依为命，遗嘱之托，除了徒增他们的伤感之外，实在无法完成。这件事当然是一副重担，不如由宋淇授权给皇冠的平鑫涛去处理，或是就近由白先勇主持一个委员会来商讨。

1995 年 9 月

望乡的牧神

那年的秋季特别长，我一整夜都浮在一首歌上。

那年的秋季特别长，一直拖到感恩节，还不落雪。事后大家都说，那年的冬季，也不像往年那么长，那么严厉。雪是下了，但不像那么深，那么频。幸好圣诞节的一场还积得够厚，否则圣诞老人就显得狼狈失措了。

那年的秋季，我刚刚结束了一年浪游式的讲学，告别了第三十三张席梦思，回到密歇根来定居。许多好朋友都在美国，但黄用和华苓在艾奥瓦，梨华远在纽约，一个长途电话能令人破产。咪咪手续未备，还阻隔半个大陆加一个海加一个海关。航空邮件是一种迟缓的箭，射到对海，火早已熄了，余烬显得特别冷。

那年的秋季，显得特别长。草，在渐渐寒冷的天气里，久久不枯。空气又干，又爽，又脆。站在下风的地方，可以嗅出树叶，满林子树叶散播的死讯，以及整个中西部成熟后的体香。中西部的秋季，是一场弥月不熄的野火，从浅黄到血红到暗赭到郁沉沉的浓栗，从艾奥瓦一直烧到俄亥俄，夜以继日日以继夜地维持好几十郡的灿烂。云罗张在特别洁净的蓝虚蓝无上，白得特别惹眼。谁要用剪刀去剪，一定装满好几箩筐。

那年的秋季特别长，像一段雏形的永恒。我几乎以为，站在四围的秋色里，那种圆溜溜的成熟感，会永远悬在那里，不坠下来。终于一切瓜一切果都过肥过重了，从腴沃中升起来的仍垂向腴沃。每到黄昏，太阳也垂垂落向南瓜田里，红澄澄的，一只熟得不能再熟下去的，特大号的南瓜。日子就像这样过去。晴天之后仍然是晴天之后仍然是完整无憾饱满得不能再饱满的晴天，敲上去会敲出音乐来的稀金属的晴天。就这样微酩地饮着清醒的秋季，好怎么不好，就是太寂寞了。在西密歇根大学，开了三门课，我有足够的时间看书，写信。但更多的时间，我用来幻想，而且回忆，回忆在一个岛上做过的有意义和无意义的事情，一直到半夜，到半夜以后。有些事情，曾经恨过的，再恨一次；曾经恋过的，再恋一次；有些无聊，甚至再无聊一次。一切都离我很久，很远。我不知道，我的寂寞应该以时间或空间为半径。就这样，我独自坐到午夜以后，看窗外的夜比《圣经·旧约》更黑，万籁俱寂之中，听两颊的胡髭无赖地长着，应和着腕表巡回的秒针。

这样说，你就明白了。那年的秋季特别长。我不过是个客座教授，悠悠荡荡的，无挂无牵。我的生活就像一部翻译小说，情节不多，气氛很浓；也有其现实的一面，但那是异国的现实，不算数的。例如汽车保险到期了，明天要记得打电话给那家保险公司；公寓的邮差怪可亲的，圣诞节要不要送他件小礼品；等等。究竟只是一部翻译小说，气氛再浓，只能当作一场逼真的梦罢了。而尤其可笑的是，读来读去，连一个女主角也不见。男主角又如此的无味。这部恶汉体的（picaresque）小说，应该是没有销路的。不成其为配角的配角，倒有几位。劳悌芬便是其中的一位。在我教过的一百六十几个美国大孩子之中，劳悌芬和其他少数几位，大概会长久留在我的回忆里。一切都是巧合。有一个黑发的东方人，去到密歇根，恰巧会到那一个大学。恰巧那一年，有一个金发的美国青年，也在那大学里。恰巧金发选了黑发的课，恰巧谁也不讨厌谁，于是金发出现在那部翻译小说里。

那年的秋季，本来应该更长更长的。是劳悌芬，使它显得不那样长。劳悌芬，是我给金发取的中文名字。他的本名是 Stephen Cloud。一个姓云的人，应该是洒脱的。劳悌芬倒不怎么洒脱。他毋宁是有些腼腆的，不像班上其他的男孩，爱逗着女同学说笑。他也爱笑，但大半是坐在后排，大家都笑时他也参加笑，会笑得有些脸红。后来我才发现他是戴隐形眼镜的。

同时，秋季愈益深了。女学生们开始穿大衣来教室。上课的时候，掌大的枫树落叶，会簌簌叩打大幅的玻璃窗。我仍记得，那天早晨刚落过霜，我正讲到杜甫的“秋来相顾尚飘蓬”。忽然瞥见红叶黄叶之上，联邦的星条旗扬在猎猎的风中，一种摧心折骨的无边秋感，自头盖骨一直麻到十个指尖。有三四秒钟我说不出话来，但脸上的颜色一定泄露了什么。下了课，劳悌芬走过来，问我周末有没有约会。当我的回答是否定时，他说：“我家在农场上，此地南去六十多千米。星期天就是万圣节了。如果你有兴致，我想请你去住两三天。”

所以三天后，我就坐在他西德产的小汽车右座，向南方出发了。10 月底的一个半下午，小阳春停在最美的焦距上，湿度至小，能见度至大，风景呈现最清晰的轮廓。出了卡拉马祖（Kalamazoo），密歇根南部的大平原抚得好空好阔，浩浩乎如一片陆海，偶然的农庄和丛树散布如列屿。在这样响当当的晴朗里，这样高速这样平稳地驰骋，令人幻觉是在驾驶游艇。一切都退得很远，腾出最开敞的空间，让你回旋。秋，确是奇妙的季节。每个人都幻觉自己像六千米高的卷云那么轻，一大张卷云卷起来称一称也不过几磅。又像空气那么透明，连忧愁也是薄薄的，用裁纸刀这么一裁就裁开了。公路，像一条有魔术的白地毡，在车头前面不断舒展，同时在车尾不断卷起。

如是卷了三十几千米，西德的小车在一面小湖旁停了下来。密歇根原是千湖之州，五大湖之间尚有无数小泽。像其他的小泽一样，面前的这个湖蓝得染人肝肺。立在湖边，对着满满的湖水，似乎有一只幻异的蓝眼瞳在施术催眠，令人意识到一种不安的美。所以说秋是难解的。秋是一种不可置信而居然延长了这么久的奇迹，总令人觉得有点不安。就像此刻，秋色四面，上面是土耳其玉的天穹，下面是普鲁士蓝的清澄，风起时，满枫林的叶子滚动香熟的灿阳，仿佛打翻了一匣子的玛瑙。莫奈和西斯莱死了，印象主义的画面永生。

这只是刹那的感觉罢了。下一刻，我发现劳悌芬在喊我。他站在一株大黑橡下面。赤褐如焦的橡叶丛底，露出一间白漆木板钉成的小屋。走进去，才发现是一爿小杂货店。陈设古朴可笑，饶有殖民时期风味。西洋杉铺成的地板，走过时轧轧有声。这种小铺子在城市里是已经绝迹了。店主是一个满脸斑点的胖妇人。劳悌芬向她买了十几根红白相间的竿竿糖，满意地和我走出店来。

橡叶萧萧，风中甚有寒意。我们赶回车上，重新上路。劳悌芬把糖袋子递过来，任我抽了两根。糖味不太甜，有点薄荷在里面，嚼起来倒也津津可口。劳悌芬解释说："你知道，老太婆那家小店，开了十几年了，生意不好，也不关门。读初中起，我就认得她了，也不觉得她的糖有什么好吃。后来去卡拉马祖上大学，每次回家，一定找她聊天，同时买点糖吃，让她高兴高兴。现在居然成了习惯，每到周末，就想起薄荷糖来了。"

"是蛮好吃。再给我一根。你也是，别的男孩子一到周末就约 chic 去了，你倒去看祖母。"

劳悌芬红着脸傻笑。过了一会儿，他说："女孩子麻烦。她们喝酒，还做好多别的事。"

"我们班上的好像都很乖。例如路丝——"

"啰，满嘴的存在主义什么的，好烦。还不如那个老婆婆坦白！"

"你不像其他的美国男孩子。"

劳悌芬耸耸肩，接着又傻笑起来。一辆货车挡在前面，他一踩油门，超了过去。把一袋糖吃光，就到了劳悌芬的家了。太阳已经偏西。夕照正当红漆的仓库，特别显得明艳映颊。劳悌芬把车停在两层的木屋前，和他父亲的旅行车并列在一起。一个丰硕的妇人从屋里探头出来，大呼说："Steve！我晓得是你！怎么这样晚才回来！风好冷，快进来吧！"

劳悌芬把我介绍给他的父母和弟弟赫伯特（Herbert）。终于大家在晚餐桌边坐定。这才发现，他的父亲不过五十岁，已然满头白发，可是白得整齐而洁净，反而为他清瘦的面容增添光辉。赫伯特是一个很漂亮的、伶手俐脚的小伙子。但形成晚餐桌上暖洋洋的气氛的，还是他的母亲。她是一个胸脯宽阔、眸光亲切的妇人，笑起来时，启露白而齐的齿光，映得满座粲然。她一直忙着传递盘碟。看见我饮牛奶时狐疑的脸色，她说："味道有点怪，是不是？这是我们自己的母牛挤的奶，原奶，和超级市场上买到的不同。等会儿你再尝尝我们自己的榨苹果汁。"

"你们好像不喝酒。"我说。

"爸爸不要我们喝，"劳悌芬看了父亲一眼，"我们只喝牛奶。"

"我们是清教徒，"他父亲眯着眼睛说，"不喝酒，不抽烟。从我的祖父起就是这样子。"

接着他母亲站起来，移走满桌子残肴，为大家端来一碟碟南瓜饼。

"Steve，"他母亲说，"明天晚上汤普森家的孩子们说了要来闹节的。不招待，就作怪。余先生听说过吧？糖倒是准备了好几包。就缺一盏南瓜灯。地下室有三四只空南瓜，你等会去挑一只雕一雕。我要去挤牛奶了。"

等他父亲也吃罢南瓜饼，起身去牛栏里帮他母亲挤奶时，劳悌芬便到地下室去。不久，他捧了一只脸盆大小的空干南瓜来，开始雕起假面来。他在上端先开了两只菱形的眼睛，再向中部挖出一只鼻子，最后，又挖了一张新月形的阔嘴，嘴角向上。接着他把假面推到我的面前，问我像不像。相了一会儿，我说："嘴好像太小了。"

于是他又把嘴向两边开得更大。然后他说："我们把它放到外面去吧。"

我们推门出去。他把南瓜脸放在走廊的地板上，从夹克的大口袋里掏出一截白蜡烛，塞到蒂眼里，企图把它燃起。风又急又冷，一吹，就熄了。徒然试了几次，他说："算了，明晚再点吧。我们早点睡。明天还要去打野兔子呢。"

第二天下午，我们果然背着猎枪，去打猎了。这在我说来，是有点滑稽的。我从来没有打猎的经验。军训课上，是射过几发子弹，但距离红心不晓得有好远。劳悌芬却兴致勃勃，坚持要去。

“上个周末没有回家。再上个周末，帮爸爸驾收割机收黄豆。一直没有机会到后面的林子里去。”

劳悌芬穿了一件粗帆布的宽大夹克，长及膝盖，阔腰带一束，显得一点八米上下的身材，分外英挺。他把较旧式的一把猎枪递给我，说：“就凑合着用一下吧。1958 年出品，本来是我弟弟用的。”看见我犹豫的脸色，他笑笑说：“放松一点。只要不向我身上打就行。很有趣的，你不妨试试看。”

我原有一肚子的话要问他。可是他已经领先向屋后的橡树林欣然出发了。我端着枪跟上去。两人绕过黄白相间的耿西牛群的牧地，走上了小木桥彼端的小土径，在犹青的乱草丛中蜿蜒而行。天气依然爽朗朗地晴。风已转弱，阳光不转瞬地凝视着平野，但空气拂在肌肤上，依然冷得人神志清醒，反应敏锐。舞了一天一夜的斑斓树叶，都悬在空际，浴在阳光金黄的好脾气中。这样美好而完整的静谧，用一发猎枪子弹给炸碎了，岂不是可惜？

“一只野兔也不见呢。”我说。

“别慌。到前面的橡树丛里去等等看。”

我们继续往前走。我努力向野草丛中搜索，企图在劳悌芬之前发现什么风吹草动；如此，我虽未必能打中什么，至少可以提醒我的同伴。这样想着，我就紧紧追上了劳悌芬。蓦地，我的猎伴举起枪来，接着耳边炸开了一声脆而短的骤响。一样毛茸茸的灰黄的物体从十几码外的黑橡树上坠了下来。

“打中了！打中了！”劳悌芬向那边奔过去。

“是什么？”我追过去。

等到我赶上他时，他正挥着枪柄在追打什么。然后我发现草坡下，劳悌芬脚边的一个橡树窟窿里，一只松鼠尚在抽搐。不到半分钟，它就完全静止了。

“死了。”劳悌芬说。

“可怜的小家伙。”我摇摇头。我一向喜欢松鼠。以前在艾奥瓦念书的时候，我常爱从红砖的古楼上，俯瞰这些长尾多毛的小动物，在修得平整的草地上嬉戏。我尤其爱看它们躬身而立，捧食松果的样子。劳悌芬捡起松鼠。它的右腿渗出血来，修长的尾巴垂着死亡。劳悌芬拉起一把草，把血斑拭去说：“它掉下来，带着伤，想逃到树洞里去躲起来。这小东西好聪明。带回去给我父亲剥皮也好。”

他把死松鼠放进夹克的大口袋里，重新端起了枪。

“我们去那边的树林子里再找找看。”他指着八百米外的一片赤金和鲜黄。想起还没有庆贺猎人，我说：“好准的枪法，刚才！根本没有看见你瞄准，怎么它就掉下来了？”

“我爱玩枪。在学校里，我还是预备军官训练队的上校呢。每年冬季，我都带赫伯特去北部的半岛打鹿。这一向视力差了。隐形眼镜还没有戴惯。”

这才注意到劳悌芬的眸子是灰蒙蒙的，中间透出淡绿色的光泽。我们越过十二号公路。岑寂的秋色里，去芝加哥的车辆迅疾地扫过，曳着轮胎磨地的咝咝，和掠过你身边时的风声。一辆农场的拖拉机，滚着齿槽深凹的大轮子，施施然碾过，车尾扬着一面小红旗。劳悌芬对车上的老叟挥挥手。

“是汤普森家的丈人。”他说。

“车上插面红旗子干吗？”

“哦，是州公路局规定的。农场上的拖拉机之类，在公路上穿来穿去，开得太慢，怕普通车辆从后面撞上去。挂一面红旗，老远就看见了。”

说着，我们一脚高一脚低走进了好大一片刚收割过的田地。阡陌间歪歪斜斜地还留着一行行的残梗，零零星星的豆粒，落在干燥的土块里。劳悌芬随手折起一片豆荚，把荚剥开。淡黄的豆粒滚入了他的掌心。

“这是汤普森家的黄豆田。尝尝看，很香的。”

我接过他手中的豆子，开始尝起来。他折了更多的豆荚，一片一片地剥着。两人把嚼不碎的豆子吐出来。无意间，我哼起“高粱肥，大豆香，遍地黄金少灾殃……”。

“嘿，那是什么？”劳悌芬笑起来。

“二次大战时大家都唱的一首歌……那时我们都是小孩子。”说着，我的鼻子酸了起来。两人走出了大豆田，又越过一片尚未收割的玉蜀黍。劳悌芬停下来，笑得很神秘。过了一会儿，他说：“你听听看，看能听见什么。”

我当真听了一会儿。什么也没有听见。风已经很微。偶尔，玉蜀黍的干穗谷和邻株磨出一丝窸窣。劳悌芬的浅灰绿瞳子向我发出问询。

我茫然摇摇头。

他又阔笑起来。

“玉米田，多耳朵。有秘密，莫要说。”

我也笑起来。

“这是双关语，”他笑道，“我们英语管玉米穗叫耳朵。好多笑话都从它编起。”

接着两人又默然了。经他一说，果然觉得玉蜀黍秆上挂满了耳朵。成千的耳朵都在倾听，但下午的遗忘覆盖一切，什么也听不见。一枚硬壳果从树上跌下来，两人吓了一跳。劳悌芬俯身拾起来，黑褐色的硬壳已经干裂。

“是山胡桃呢。”他说。

我们继续向前走。杂树林子已经在面前。不久，我们发现自己已在树丛中了。厚厚的一层落叶铺在我们脚下。卵形而有齿边的是桦，瘦而多棱的是枫，橡叶则圆长而轮廓丰满。我们踏着千叶万叶已腐的、将腐的、干脆欲裂的秋季向更深处走去，听非常过瘾也非常伤心的枯枝在我们体重下折断的声音。我们似乎践在暴露的秋筋秋脉上。秋日下午那安静的肃杀中，似乎，有一些什么在我们里面死去。最后，我们在一截断树干边坐下来。一截合抱的黑橡树干，横在枯枝败叶层层交叠的地面，龟裂的老皮形成阴郁的图案，记录霜的齿印、雨的泪痕。黑眼眶的树洞里，覆盖着红叶和黄叶，有的仍有潮意。

两人靠着断干斜卧下来，猎枪搁在断柯的杈丫上。树影重重叠叠覆在我们上面，蔽住更上面的蓝穹。落下来的锈红蚀褐已经很多，但仍有很多的病叶，弥留在枝柯上面，犹堪支撑一座两丈多高的镶黄嵌赤的圆顶。无风的林间，不时有一张叶子飘飘荡荡地坠下。而地面，纵横的枝叶间，会传来一声不甚可解的窸窣，说不出是足拨的或是腹游的路过。

“你看，那是什么？”我转向劳悌芬。他顺着我指点的方向看去。那是几棵银桦树间一片凹下去的地面，里面的桦叶都压得很平。

“好大的坑。”我说。

“是鹿，”他说，“昨夜大概有鹿来睡过。这一带有鹿。如果你住在湖边，就会看见它们结队去喝水。”

接着他躺了下来，枕在黑皮的树干上，穿着方头皮靴的脚交叠在一起。他仰面凝视叶隙透进来的碎蓝色。如是仰视着，他的脸上覆盖着纷沓而游移的叶影，红的朦胧叠着黄的模糊。他的鼻梁投影在一边的面颊上，因为太阳已沉向西南方，被桦树的白干分割着的西南方，牵着一线金熔熔的地平。他的阔胸脯微微地起伏。

“Steve，你的家园多安静可爱。我真羡慕你。”

仰着的脸上漾开了笑容。不久，笑容静止下来。

“是很可爱啊，但不会永远如此。我可能给征到越南去。”

“那样，你去不去呢？”我说。

“如果征到我，就必须去。”

“你——怕不怕？”

“哦，还没有想过。美国的公路上，一年也要死五万人呢。我怕不怕？好多人赶着结婚。我同样地怕结婚。年纪轻轻的，就认定一个女孩，好没意思。”

“你没有女朋友吗？”我问。

“没有认真的。”

我茫然了。躺在面前的是这样的一个躯体，结实，美好，充溢的生命一直到指尖和趾尖。就是这样的一个躯体，没有爱过，也未被爱过，未被情欲燃烧过的一截空白。有一个东方人是他的朋友。冥冥中，在一个遥远的战场上，将有更多的东方人等着做他的仇敌。一个遥远的战场，那里的树和云从未听说过密歇根。

这样想着，忽然发现天色已经晚了。金黄的夕暮淹没了林外的平芜。乌鸦叫得原野加倍地空旷。有谁在附近焚烧落叶，空中漫起灰白的烟来，嗅得出一种好闻的焦味。

“我们回去吃晚饭吧。”劳悌芬说。

那年的秋季特别长，似乎，万圣节来得也特别迟。但到了万圣节，白昼已经很短了。太阳一下去，天很快就黑了，比《圣经》的封面还黑。吃过晚饭，劳悌芬问我累不累。

“不累。一点儿也不累。从来没有像这样好兴致。”

“我们开车去附近逛逛去。”

“好啊——今晚不是万圣节前夕吗？你怕不怕？”

“怕什么？”劳悌芬笑起来，“我们可以捉两个女巫回来。”

“对！捉回来，要她们表演怎样骑扫帚！”

全家人都哄笑起来。劳悌芬和我穿上厚毛衫与夹克。推门出去，在寒战的星光下，我们钻进西德的小车。车内好冷，皮垫子冰人臀股，一切金属品都冰人肘臂。立刻，车窗上就呵了一层翳翳的雾气。车子上了十二号公路，速度骤增，成排的榆树向两侧急急闪避，白脚的树干反映着车灯的光，但榆树的巷子外，南密歇根的平原罩在一件神秘的黑巫衣里。劳悌芬开了暖气。不久，我的膝头便感到暖烘烘了。

“今晚开车特别要小心，”劳悌芬说，“有些小孩子会结队到邻近的村庄去捣蛋。小孩子边走边说笑，在公路边上，很容易发生车祸。今年，警察局在报上提醒家长，不要让孩子穿深色的衣服。”

“你小时候有没有闹过节呢？”

“怎么没有？我跟赫伯特闹了好几年。”

“怎么一个捣蛋法？”

“哦，不给糖吃的话，就用烂泥糊在人家门口。或在窗子上画个鬼，或者用粉笔在汽车上涂些脏话。”

“倒是蛮有意思的。”

“现在渐渐不作兴这样了。父亲总说，他们小时候闹得比我们还凶。”

说着，车已上了跨越大税路的陆桥。桥下的车辆四向来去地疾驶着，首灯闪动长长的光芒，向芝加哥，向陀里多。

“是印第安纳的超级税道。我家离州界只有十一千米。”

“我知道。我在这条路上开过两次的。”

“今晚已经到过印第安纳了。我们回去吧。”

说着，劳悌芬把车子转进一条小支道，绕路回去。

“走这条路好些，”他说，“可以看看人家的节景。”

果然远处闪着几星灯火。驶近时，才发现是十几户人家。走廊的白漆栏杆上，皆供着点燃的南瓜灯，南瓜如面，几何形的眼鼻展览着勃拉克和毕加索，说不清是恐怖还是滑稽。有的廊上，悬着骑帚巫的怪异剪纸。打扮得更怪异的孩子们，正在拉人家的门铃。灯火自楼房的窗户透出来，映出洁白的窗帷。

接着劳悌芬放松了油门。路的右侧隐约显出几个矮小的人影。然后我们看出，一个是王，戴着金黄的皇冠，持着权杖，披着黑色的大氅。一个是后，戴着银色的后冕，曳着浅紫色的衣裳。后面一个武士，手执斧钺，不过四五岁的样子。我们缓缓前行，等小小的朝廷越过马路。不晓得为什么，武士忽然哭了起来。国王劝他不听，气得骂起来。还是好心的皇后把他牵了过去。

劳悌芬和我都笑起来。然后我们继续前进。劳悌芬哼起《出埃及》中的一首歌，低沉之中带点凄婉。我一面听，一面数路旁的南瓜灯。最后劳悌芬说："那一盏是我们家的南瓜灯了。"

我们把车停在铁丝网成的玉蜀黍圆仓前面。劳悌芬的母亲应铃来开门。我们进了木屋，一下子，便把夜的黑和冷和神秘全关在门外了。

"汤普森家的孩子们刚来过，"他的妈妈说，"爱弟装亚瑟王，简妮装圭尼维尔，佛莱德跟在后面，什么也不像，连'不招待，就作怪'都说不清楚。"

"表演些什么？"劳悌芬笑笑说。

"简妮唱了一首歌。佛莱德什么都不会，硬给哥哥按在地上翻了一个筋斗。"

"汤姆怎么没来？"

"汤姆吗？汤姆说，他已经大了，不搞这一套了。"

那年的秋季特别长，似乎可以那样一直延续下去。那一夜，我睡在劳悌芬家楼上，想到很多事情。南密歇根的原野向远方无限地伸长，伸进不可思议的黑色的遗忘里。地上，有零零落落的南瓜灯。天上，秋夜的星座在人家的屋顶上、电视的天线上，在光年外排列百年前千年前第一个万圣节前就是那样的阵图。我想得很多，很乱，很不连贯。高粱肥。大豆香。从越战想到朝鲜战争想到抗战。想冬天就要来了空中嗅得出雪来今年的冬天我仍将每早冷醒在单人床上。大豆香。想大豆在密歇根香着在印第安纳在俄亥俄香着的大豆在另一个大陆有没有在香着？劳悌芬是个好男孩，我从来没有过弟弟。这部翻译小说，愈写愈长愈没有情节而且男主角愈益无趣，虽然气氛还算逼真。南瓜饼是好吃的，比苹果饼好吃些。高粱肥。大豆香。大豆香后又怎么样？我实在再也吟不下去了。我的床向秋夜的星空升起，升起。大豆香的下一句是什么？

那年的秋季特别长，所以说，我一整夜都浮在一首歌上。那些尚未收割的高粱，全失眠了。这么说，你就完全明白了，不是吗？那年的秋季特别长。

1966年10月24日追忆

没有邻居的都市

并非我背弃了台北，而是台北背弃了我。

1

六年前从香港回来，就一直定居在高雄，无论是醒着梦着，耳中隐隐，都是海峡的涛声。老朋友不免见怪：为什么我背弃了台北？我的回答是：并非我背弃了台北，而是台北背弃了我。

在南部这些年来，若无必要，我绝不轻易北上。有时情急，甚至断然说道：“拒绝台北，是幸福的开端！”因为事无大小，台北总是坐庄，诸如开会、演讲、聚餐、展览等等，要是台北一招手就仓皇北上，我在高雄的日子就过不下去了。

这么说来，我真像一个无情的人了，简直是忘恩负义。其实不然。我不去台北，少去台北，怕去台北，绝非因为我忘了台北，恰恰相反，是因为我忘不了台北——我的台北，从前的台北。那一坳繁华的盆地，那一盆少年的梦，壮年的回忆，盛着我初做丈夫、初做父亲、初做作家和讲师的情景，甚至更早，盛着我还是学生还有母亲的岁月——当时灿烂，而今已成黑白片了的五十年代，我的台北；无论我是坐国光号从西北，或是坐自强号从西南，或是坐华航从东北进城，那个台北是永远回不去了。

至于从八十年代忽已跨进九十年代的台北，无论从报上读到，从电视上看到，或是亲身在街头遇到的，大半都不能令人高兴；无论先知或骗子用什么“过渡”“多元”“开放”来诠释，也不能令人感到亲切。你走在忠孝东路上，整个亮丽而嚣张的世界就在你肘边推挤，但一切又似乎离你那么遥远，什么也抓不着、留不住。像传说中一觉醒来的猎人，下得山来，闯进了一个陌生的世界，你走在台北的街上。

所谓乡愁，如果是地理上的，只要一张机票或车票，带你到熟悉的门口，就可以解决了。如果是时间上的呢，那所有的路都是单行，所有的门都闭上了，没有一扇能让你回去。经过香港的十年，我成了一个时间的浪子，背着记忆沉重的行囊，回到台北的门口，却发现金钥匙丢了，我早已把自己反锁在门外。

惊疑和怅惘之中，即使我叫开了门，里面对立着的，也不过是一张陌生的脸，冷漠而不耐。

“那你为什么去高雄呢？”朋友问道，“高雄就认识你吗？”

“高雄原不认识年轻的我，”我答道，“我也不认识从前的高雄。所以没有失落什么，一切可以从头来起。台北不同，背景太深了，自然有沧桑。台北盆地是我的回声谷，无穷的回声绕着我，祟着我，转成一个记忆的旋涡。”

2

那条厦门街的巷子当然还在那里。台北之变，大半是朝东北的方向，挖土机对城南的蹂躏，规模小得多了。如果台北盆地是一个大回声谷，则厦门街的巷子是一条曲折的小回声谷，响着我从前的步声。我的那条“家巷”，一一三巷，巷头连接厦门街，巷尾通到同安街，当然仍在那里。这条窄长的巷子，颇有文学的历史。五十年代，《新生报》的宿舍就在巷腰，常见彭歌的踪影。有一度，潘垒也在巷尾卜居。《文学杂志》的时代，发行人刘守宜的寓所，亦即杂志的社址，就在巷尾斜对面的同安街另一小巷内。所以那一带的斜巷窄弄，也常闻夏济安、吴鲁芹的咳唾风生，夏济安因兴奋而赧赧的脸色，对照着吴鲁芹泰然的眸光。王文兴家的日式古屋掩映在老树荫里，就在同安街尾接水源路的堤下，因此脚程所及，也常在附近出没。那当然还是《家变》以前的淹远岁月。后来黄用家也迁去一一三巷，门牌只差我家几号，一阵风过，两家院子里的树叶都会前后吹动的。

赫拉克利特说过：“后浪之来，滚滚不断。拔足更涉，已非前流。”时光流过那条长巷的回声峡谷，前述的几人也都散了。只留下我这厦门人氏，长守在厦门街的僻巷，直到八十年代的中期，才把它，我的无根之根、非产之产，交给了晚来的洪范书店和尔雅出版社去看顾。

只要是我的“忠实读者”，没有不知道厦门街的。近乎半辈子在其中消磨，母亲在其中谢世，四个女儿和十七本书在其中诞生，那一带若非我的乡土，至少也算我的市井、街坊、闾里和故居。若是我患了梦游症，警察当能在那一带将我寻获。

尽管如此，在我清醒的时刻，是不会去重游旧地的。尽管每个月必去台北，却没有勇气再踏进那条巷子，更不敢去凭吊那栋房子，因为巷子虽已拓宽、拉直，两旁却立刻停满了汽车，反而更形狭隘。曾经是扶桑花、九重葛掩映的矮墙头，连带扶疏的树影全不见了，代之矗起的是层层叠叠的公寓，和另一种枝柯的天线之网。清脆的木屐敲叩着满巷的宁谧，由远而近，由近而低沉。清脆的脚踏车铃在门外叮叮曳过，那是早晨的报贩，黄昏放学的学生，还有三轮车夹杂在其间。夜深时自有另外的声音来接班，凄清而幽怨的是按摩女或盲者的笛声，悠缓地路过，低抑中透出沉洪的，是呼唤晚睡人的“烧肉粽”。那烧肉粽，一掀开笼盖白气就腾入夜色，我虽然从未开门去买过，但是听在耳里，知道巷子里还有人在和我分担深夜，却减了我的寂寞。

但这些都消失了，拓宽而变窄的巷子，激荡着汽车、爆发着机车的噪音。巷里住进了更多的人，却失去了邻居，因为回家后人人都把自己关进了公寓，出门，又把自己关进了汽车。走在今日的巷子里，很难联想起我写的《月光曲》：

厦门街的小巷纤细而长
用这样干净的麦管吸月光
凉凉的月光，有点薄荷味的月光

而机器狼群的厉嗥，也掩盖了我的《木屐怀古组曲》：

踢踢踏
踏踏踢
给我一双小木屐
让我把童年敲敲醒
像用笨笨的小乐器
从巷头
到巷底

踢力踏拉

踏拉踢力

3

五十年代的青年作者要投稿，“《中央副刊》”是兵家必争之地。我从香港来台，插班台大外文系三年级，立刻认真向“《中央副刊》”投稿，每投必中。只有一次诗稿被退，我不服气，把原诗再投一次，竟获刊出。这在投稿史上，不知有无前例。最早的时候，每首诗的稿酬是五元，已经够我带女友去看一场电影，吃一次馆子了。

诗稿每次投去，大约一周之后刊登。算算日子到了，一大清早只要听到前院啪嗒一声，那便是报纸从竹篱笆外飞了进来。我就推门而出，拾起大王椰树下的报纸，就着玫红的晨曦，轻轻、慢慢地抽出里面的副刊。最先瞥见的总是最后一行诗，只一行就够了，是自己的。那一刹那，世界多奇妙啊，朝霞是新的，报纸是新的，自己的新作也是簇簇新崭崭新。编者又一次肯定了我，世界又一次向我瞩目，真够人飘飘然的了。

不久稿费通知单就来了，静静抵达门口的信箱。当然还有信件、杂志、赠书。世界来敲门，总是骑着脚踏车来的，刹车声后，更揿动痉挛的电铃。我要去找世界呢，也是先牵出轻俊而灵敏的赫拉克勒斯（Hercules），左脚点蹬，右脚翻腾而上，曳一串爽脆的铃声，便上街而去。脚程带劲而又顺风的话，下面的双轮踩得出哪吒的气势，中山北路女友的家，十八分钟就到了。

台大毕业的那个夏夜，我和萧堉胜并驰脚踏车直上圆山，躺在草地上怔怔地对着星空。学生时代终于告别了，而未来充满了变数，不知如何是好。那时候还没有流行什么“失落的一代”，我们却真是失落了。幸好人在社会，身不由己。大学生毕业后受训、服役，从我们那一届开始。我们是外文系出身，不必去凤山严格受训，便留在台北做起翻译官来。我先后在联络局与第三厅服役，直到1956年，夏济安因为事忙，不能续兼东吴的散文课，要我去代课。这是我初登大学讲坛的因缘。

住在五十年代的台北，自觉红尘十丈，够繁华的了。其实人口压力不大，交通也还流畅，有些偏僻街道甚至有点田园的野趣。骑着脚踏车，在和平东路上向东放轮疾驶，翘起的拇指山蛮有性格地一直在望，因为前面没有高楼，而一过新生南路，便车少人稀，屋宇零落，开始荒了。双轮向北，从中山北路二段右转上了南京东路，并非今日宽坦的四线大道，啊不是，只是一条粗铺的水泥弯路，在水田青秧之间蜿蜒而隐。我上台大的那两年，双轮沿罗斯福路向南，右手尽是秧田接秧田，那么纯洁无辜的鲜绿，偏偏用童真的白鹭来反喻，怎不令人眼馋，若是久望，真要得“餍绿症”了。这种幸福的危机，目迷霓虹的新台北人是不用担心的。

大四那一年的冬天，一日黄昏，寒流来袭，吴炳钟老师召我去他家吃火锅。冒着削面的冰风骑车出门，我先去衡阳街兜了一圈。不过八点的光景，街上不但行人稀少，连汽车、脚踏车也见不到几辆，只有阴云压着低空，风声摇撼着树影。五十年代的台北市，今日回顾起来，只像一个不很起眼的小省城，繁荣或壮丽都说不上，可是空间的感觉似乎很大，因为空旷，至少比起今日来，人稀车少，树密屋低。四十年后，台北长高了，显得天小了，也长大了，可是因为挤，反而显得缩了。台北，像裹在所有台北人身上的一件紧身衣。那紧，不但是对肉体，也是对精神的压力，不但是空间上，也是时间上的威胁。一根神经质的秒针，不留情面地追逐着所有的台北人。长长短短的截止日期，为你设下了大限小限，令你从梦里惊醒。只要一出门，天罗地网的招牌、噪音、废气、资讯资讯资讯，就把你鞭笞成一只无助的陀螺。

何时你才能面对自己呢？

那时的武昌街头，一位诗人可以靠在小书摊上，君临他独坐的王国，与磨镜自食的斯宾诺莎，以桶为家的第欧根尼遥遥对笑。而牯岭街的矮树短墙下，每到夜里，总有一群梦游昔日的书迷，或老或少，或佝偻，或蹲踞，向年淹代远的一堆堆一沓沓残篇零简、孤本秘籍，各发其思古之幽情。

那时的台北，有一种人叫作“邻居”。在我厦门街巷居的左邻，有一家人姓程。每天清早，那父亲当庭漱口，声震四方。晚餐之后，全家人合唱圣歌，天伦之乐随安详的旋律飘过墙来。四十年后，这种人没有了。旧式的“厝边人”全绝迹了，换了一批戴面具的“公寓人”。这些人显然更聪明、更富有、更忙碌，爱拼才会赢，令人佩服，却难以令人喜欢。

台北已成没有邻居的都市。

使我常常回忆发迹以前的那座古城。它在电视和电脑的背后，传真机和移动电话的另一面。坐上三轮车我就能回去，如果我找得到一辆三轮车。

1992 年 1 月

寂寞与野蛮

文化的体现在于生活。

去年九月我来高雄定居之后，本地人常会问我一个难以答复的问题："高雄是不是文化沙漠？"这问题显然为有心的高雄人所关怀，几乎已成为一种敏感的情意结了。

高雄是文化沙漠吗？当然不是。高雄的文化不能算兴盛，比起台北来远远不如，但是高雄毕竟有不少文化团体，还有不少文化人，在从事文化工作，参加文化活动，当然不能说是文化沙漠。不过高雄的文化活动，有很多要仰赖外来的文化人或文化团体，只能算是过路文化，不能深入而持久。同时，静态的精神食粮，像报纸、杂志、书籍、电视等等，大半仍靠外界输入，离自给自足还颇遥远。高雄的文化人口必须增加，对于文化，要求必须提高，才会相应地产生自给自足的本地文化。到那时候，高雄人自然不会再有文化沙漠的情意结。

以上所说，乃“正文化”。“正文化”的反面有一种情况，可以称为“负文化”。任何情况，若是妨害文化的成长，或者显示日常生活里欠缺文化，都可以说是一种“负文化”。例如：出书是“正文化”，则盗印就是“负文化”。社会上如果听任“负文化”猖獗，则“正文化”就失去生机，黯然无光。

如此说来，环境的污染都是“负文化”。空气和水土的污染固然是众所周知，可是其他形式的污染也正在为害我们的社会。例如，噪音正污染我们的听觉，垃圾正污染我们的视觉与嗅觉，二手烟正污染我们的肺叶。在噪音的近邻举行音乐会，在垃圾堆旁举行画展，在二手烟氤氲的戏院鼓吹电影周，都是正负相消的困境。

高雄不但应该在“正文化”上和台北比大，更要在“负文化”上和台北比小。文化的反面是野蛮。“负文化”就是野蛮。驾车超越双黄线，是野蛮；在医院和戏院的冷气里害别人吸二手烟，是野蛮；在街头用凄厉的扩音器叫嚣竞选或者狂播歌仔戏，滥放鞭炮而炸坏孩子的眼睛，排酒席霸占半条街，随地吐槟榔如吐血……这一切目中无人的行为全是野蛮，全是“负文化”。文化的体现在于生活。如果一个社会在生活上野蛮，怎能奢望它在文化上高超？高雄人要担心的，恐怕不是我们的城市有无文化，而是我们的城市是否野蛮。

没有“正文化”，还是活得下去，最多寂寞而已。生活在“负文化”里，那苦头就太大了。我在西子湾的后山，有时候，呼吸着污染的空气，忍受着间歇发作的野蛮噪音，我甚至忽发奇想：要真是沙漠就好了，至少沙漠又干净又安静。

近年我们的社会日趋富有，从每户拥有多少冰箱、电视机、洗衣机到个人所得，我们久已习于自诩。这些当然也得来不易，值得自豪。可是人民的幸福与社会的健全，不全在赚得多，更在活得好。如果袋里有钱却时刻担心被抢，房里有冷气却无辜被二手烟所呛，正在过虎年，却当街杀虎，再富有的社会也禁不起“负文化”的噬咬了。

——1986年6月20日《台湾新闻报》“西子湾”副刊

听听那冷雨

一位英雄，经得起多少次雨季？

惊蛰一过，春寒加剧。先是料料峭峭，继而雨季开始，时而淋淋漓漓，时而淅淅沥沥，天潮潮地湿湿，即连在梦里，也似乎把伞撑着。而就凭一把伞，躲过一阵潇潇的冷雨，也躲不过整个雨季。连思想也都是潮润润的。每天回家，曲折穿过金门街到厦门街迷宫式的长巷短巷，雨里风里，走入霏霏令人更想入非非。想这样子的台北凄凄切切完全是黑白片的味道，想整个中国整部中国的历史无非一张黑白片子，片头到片尾，一直是这样下着雨的。这种感觉，不知道是不是从安东尼奥尼那里来的。不过那一块土地是久违了，二十五年，四分之一的世纪，即使有雨，也隔着千山万山、千伞万伞。二十五年，一切都断了，只有气候，只有气象报告还牵连在一起。大寒流从那块土地上弥天卷来，这种酷冷吾与古大陆分担。不能扑进她怀里，被她的裾边扫一扫吧，也算是安慰孺慕之情。

这样想时，严寒里竟有一点温暖的感觉了。这样想时，他希望这些狭长的巷子永远延伸下去，他的思路也可以延伸下去，不是金门街到厦门街，而是金门到厦门。他是厦门人，至少是广义的厦门人，二十年来，不住在厦门，住在厦门街，算是嘲弄吧，也算是安慰。不过说到广义，他同样也是广义的江南人、常州人、南京人、川娃儿，五陵少年。杏花春雨江南，那是他的少年时代了。再过半个月就是清明。安东尼奥尼的镜头摇过去，摇过去又摇过来。残山剩水犹如是。皇天后土犹如是。纭纭黔首纷纷黎民从北到南犹如是。那里面是中国吗？那里面当然还是中国永远是中国。只是杏花春雨已不再，牧童遥指已不再，剑门细雨渭城轻尘也都已不再。然则他日思夜梦的那片土地，究竟在哪里呢？

在报纸的头条标题里吗？还是香港的谣言里？还是傅聪的黑键白键马思聪的挑弓拨弦？还是安东尼奥尼的镜底勒马洲的望中？还是呢，故宫博物院的壁头和玻璃橱内，京戏的锣鼓声中太白和东坡的韵里？

杏花。春雨。江南。六个方块字，或许那片土就在那里面。而无论赤县也好神州也好中国也好，变来变去，只要仓颉的灵感不灭美丽的中文不老，那形象，那磁石一般的向心力当必然长在。因为一个方块字是一个天地。太初有字，于是汉族的心灵他祖先的回忆和希望便有了寄托。譬如凭空写一个“雨”字，点点滴滴，滂滂沱沱，淅沥淅沥淅沥，一切云情雨意，就宛然其中了。视觉上的这种美感，岂是什么 rain 也好 pluie 也好所能满足？翻开一部《辞源》或《辞海》，金木水火土，各成世界，而一入“雨”部，古神州的天颜千变万化，便悉在望中，美丽的霜雪雲霞，骇人的雷電霹雹，展露的无非神的好脾气与坏脾气，气象台百读不厌门外汉百思不解的百科全书。

听听，那冷雨。看看，那冷雨。嗅嗅闻闻，那冷雨，舔舔吧那冷雨。雨下在他的伞上这城市百万人的伞上雨衣上屋上天线上，雨下在基隆港在防波堤在海峡的船上，清明这季雨。雨是女性，应该最富于感性。雨气空蒙而迷幻，细细嗅嗅，清清爽爽新新，有一点点薄荷的香味，浓的时候，竟发出草和树沐发后特有的淡淡土腥气，也许那竟是蚯蚓和蜗牛的腥气吧，毕竟是惊蛰了啊。也许地上的地下的生命也许古中国层层叠叠的记忆皆蠢蠢而蠕，也许是植物的潜意识和梦吧，那腥气。

第三次去美国，在高高的丹佛他山居了两年。美国的西部，多山多沙漠，千里干旱，天，蓝似盎格鲁·撒克逊人的眼睛，地，红如印第安人的肌肤，云，却是罕见的白鸟。落基山簇簇耀目的雪峰上，很少飘云牵雾。一来高，二来干，三来森林线以上，杉柏也止步，中国诗词里"荡胸生层云"，或是"商略黄昏雨"的意趣，是落基山上难睹的景象。落基山岭之胜，在石，在雪。那些奇岩怪石，相叠互倚，砌一场惊心动魄的雕塑展览，给太阳和千里的风看。那雪，白得虚虚幻幻，冷得清清醒醒，那股皑皑不绝一仰难尽的气势，压得人呼吸困难，心寒眸酸。不过要领略"白云回望合，青霭入看无"的境界，仍须回来中国。台湾地区湿度很高，最饶云气氤氲雨意迷离的情调。两度夜宿溪头，树香沁鼻，宵寒袭肘，枕着润碧湿翠苍苍交叠的山影和万籁都歇的岑寂，仙人一样睡去。山中一夜饱雨，次晨醒来，在旭日未升的原始幽静中，冲着隔夜的寒气，踏着满地的断柯折枝和仍在流泻的细股雨水，一径探入森林的秘密，曲曲弯弯，步上山去。溪头的山，树密雾浓，蓊郁的水汽从谷底冉冉升起，时稠时稀，蒸腾多姿，幻化无定，只能从雾破云开的空处，窥见乍现即隐的一峰半壑，要纵览全貌，几乎是不可能的。至少入山两次，只能在白茫茫里和溪头诸峰玩捉迷藏的游戏，回到台北，世人问起，除了笑而不答心自闲，故作神秘之外，实际的印象，也无非山在虚无之间罢了。云缭烟绕、山隐水迢的中国风景，由来予人宋画的韵味。那天下也许是赵家的天下，那山水却是米家的山水。而究竟，是米氏父子下笔像中国的山水，还是中国的山水上纸像宋画。恐怕是谁也说不清楚了吧？

雨不但可嗅，可观，更可以听。听听那冷雨。听雨，只要不是石破天惊的台风暴雨，在听觉上总是一种美感。大陆上的秋天，无论是疏雨滴梧桐，或是骤雨打荷叶，听去总有一点凄凉、凄清、凄楚，于今在岛上回味，则在凄楚之外，更笼上一层凄迷了。饶你多少豪情侠气，怕也经不起三番五次的风吹雨打。一打少年听雨，红烛昏沉。两打中年听雨，客舟中，江阔云低。三打白头听雨在僧庐下，这便是亡宋之痛，一颗敏感心灵的一生：楼上，江上，庙里，用冷冷的雨珠子串成。十年前，他曾在一场摧心折骨的鬼雨中迷失了自己。雨，该是一滴湿漓漓的灵魂，窗外在喊谁。

雨打在树上和瓦上，韵律都清脆可听。尤其是铿铿敲在屋瓦上，那古老的音乐，属于中国。王禹偁在黄冈，破如椽的大竹为屋瓦。据说住在竹楼上面，急雨声如瀑布，密雪声比碎玉，而无论鼓琴、咏诗、下棋、投壶，共鸣的效果都特别好。这样岂不像住在竹筒里面，任何细脆的声响，怕都会加倍夸大，反而令人耳朵过敏吧。

雨天的屋瓦，浮漾湿湿的流光，灰而温柔，迎光则微明，背光则幽暗，对于视觉，是一种低沉的安慰。至于雨敲在鳞鳞千瓣的瓦上，由远而近，轻轻重重轻轻，夹着一股股的细流沿瓦槽与屋檐潺潺泻下，各种敲击音与滑音密织成网，谁的千指百指在按摩耳轮。“下雨了。”温柔的灰美人来了，她冰冰的纤手在屋顶拂弄着无数的黑键啊灰键，把晌午一下子奏成了黄昏。

在古老的大陆上，千屋万户是如此。二十多年前，初来这岛上，日式的瓦屋亦是如此。先是天暗了下来，城市像罩在一块巨幅的毛玻璃里，阴影在户内延长复加深。然后凉凉的水意弥漫在空间，风自每一个角落里旋起，感觉得到，每一个屋顶上呼吸沉重都覆着灰云。雨来了，最轻的敲打乐敲打这城市，苍茫的屋顶，远远近近，一张张敲过去，古老的琴，那细细密密的节奏，单调里自有一种柔婉与亲切，滴滴点点滴滴，似幻似真，若孩时在摇篮里，一曲耳熟的童谣摇摇欲睡，母亲吟哦鼻音与喉音。或是在江南的泽国水乡，一大筐绿油油的桑叶被啮于千百头蚕，细细琐琐层层，口器与口器咀咀嚼嚼。雨来了，雨来的时候瓦这么说，一片瓦说千亿片瓦说，说轻轻地奏吧沉沉地弹，徐徐地叩吧挞挞地打，间间歇歇敲一个雨季，即兴演奏从惊蛰到清明，在零落的坟上泠泠奏挽歌，一片瓦吟千亿片瓦吟。

在日式的古屋里听雨，听四月，霏霏不绝的黄梅雨，朝夕不断，旬月绵延，湿黏黏的苔藓从石级下一直侵到他舌底、心底。到七月，听台风台雨在古屋顶上一夜盲奏，千寻海底的热浪沸沸被狂风挟来，掀翻整个太平洋只为向他的矮屋檐重重压下，整个海在他的蜗壳上哗哗泻过。不然便是雷雨夜，白烟一般的纱帐里听羯鼓一通又一通，滔天的暴雨滂滂沛沛扑来，强劲的电琵琶忐忐忑忑忐忑忑，弹动屋瓦的惊悸腾腾欲掀起。不然便是斜斜的西北雨斜斜，刷在窗玻璃上，鞭在墙上打在阔大的芭蕉叶上，一阵寒濑泻过，秋意便弥漫日式的庭院了。

在日式的古屋里听雨，春雨绵绵听到秋雨潇潇，从少年听到中年，听听那冷雨。雨是一种单调而耐听的音乐是室内乐是室外乐，户内听听，户外听听，泠泠，那音乐。雨是一种回忆的音乐，听听那冷雨，回忆江南的雨下得满地是江湖下在桥上和船上，也下在四川在秧田和蛙塘下肥了嘉陵江下湿布谷咕咕的啼声。雨是潮潮润润的音乐下在渴望的唇上舐舐那冷雨。

因为雨是最最原始的敲打乐从记忆的彼端敲起。瓦是最最低沉的乐器灰蒙蒙的温柔覆盖着听雨的人，瓦是音乐的雨伞撑起。但不久公寓的时代来临，台北你怎么一下子长高了，瓦的音乐竟成了绝响。千片万片的瓦翩翩，美丽的灰蝴蝶纷纷飞走，飞入历史的记忆。现在雨下下来下在水泥的屋顶和墙上，没有音韵的雨季。树也砍光了，那月桂，那枫树，柳树和擎天的巨椰，雨来的时候不再有丛叶嘈嘈切切，闪动湿湿的绿光迎接。鸟声减了啾啾，蛙声沉了阁阁，秋天的虫吟也减了唧唧。七十年代的台北不需要这些，一个乐队接一个乐队便遣散尽了。要听鸡叫，只有去《诗经》的韵里寻找。现在只剩下一张黑白片，黑白的默片。

正如马车的时代去后，三轮车的时代也去了。曾经在雨夜，三轮车的油布篷挂起，送她回家的途中，篷里的世界小得多可爱，而且躲在警察的辖区以外。雨衣的口袋越大越好，盛得下他的一只手里握一只纤纤的手。台湾的雨季这么长，该有人发明一种宽宽的双人雨衣，一人分穿一只袖子，此外的部分就不必分得太苛。而无论工业如何发达，一时似乎还废不了雨伞。只要雨不倾盆，风不横吹，撑一把伞在雨中仍不失古典的韵味。任雨点敲在黑布伞或是透明的塑胶伞上，将骨柄一旋，雨珠向四方喷溅，伞缘便旋成了一圈飞檐。跟女友共一把雨伞，该是一种美丽的合作吧。最好是初恋，有点兴奋，更有点不好意思，若即若离之间，雨不妨下大一点。真正初恋，恐怕是兴奋得不需要伞的，手牵手在雨中狂奔而去，把年轻的长发和肌肤交给漫天的淋淋漓漓，然后向对方的唇上颊上尝凉凉甜甜的雨水。不过那要非常年轻且激情，同时，也只能发生在法国的新潮片里吧。

大多数的雨伞不会为约会张开。上班下班，上学放学，菜市来回的途中，现实的伞，灰色的星期三。握着雨伞，他听那冷雨打在伞上。索性更冷一些就好了，他想。索性把湿湿的灰雨冻成干干爽爽的白雨，六角形的结晶体在无风的空中回回旋旋地降下来，等须眉和肩头白尽时，伸手一拂就落了。二十五年，没有受故乡白雨的祝福，或许发上下一点白霜是一种变相的自我补偿吧。一位英雄，经得起多少次雨季？他的额头是水成岩削成还是火成岩？他的心底究竟有多厚的苔藓？厦门街的雨巷走了二十年与记忆等长，一座无瓦的公寓在巷底等他，一盏灯在楼上的雨窗子里，等他回去，向晚餐后的沉思冥想去整理青苔深深的记忆。前尘隔海。古屋不再。听听那冷雨。

1974 年春分之夜

仲夏夜之噩梦

死亡惯于激发并调准我们的回忆。

1

去年八月在温哥华，高纬的仲夏寒夜里，先后接到两通长途电话，一通来自纽约，报告我外孙女降世的佳音，一通来自台北，报告我朱立民先生谢世的噩耗。

中国的律诗有所谓“流水对”，但那两通电话激起的矛盾心情却构成了“生死对”。只是新婴带来的喜悦，虽然强烈，却不具体，因为她有多么可爱，我还没有见到。而老友引起的悲哀，却带着宛在的音容。伍尔夫夫人吊康拉德的文章就说：“死亡惯于激发并调准我们的回忆。”（It is the habit of death to quicken and focus our memories.）

在怎样的场合第一次见到朱立民的，这史前史已经不可考了。只记得经常

所谓乡愁，如果是地理上的，只要一张机票或车票，带你到熟悉的门口，就可以解决了。如果是时间上的呢，那所有的路都是单行，所有的门都闭上了，没有一扇能让你回去。

阳台而无花，犹之墙壁而无画，多么空虚。

草木有本心，何求美人折？

有的人看书必借，借书必不还。有的人看书必买，买了必不看完。

悲剧是把有价值的东西毁灭给人看，喜剧则是把无价值的东西毁灭给人看。

你以为孤单加孤单会成为热闹，其实是加倍的孤单。

世界上高级的人很多，有趣的人也很多，又高级又有趣的人却少之又少。

世界上的花树之中，若论阳刚之美，我的一票要投给木棉。

跟他见面，是从六十年代初期在师大英语中心同事开始的。那时我还在师大任讲师，他在台大外文系已任副教授，却来师大兼课，教美国文学。下课的时候他常来我们的办公室休息、喝茶。“我们”是指我、张在贤、傅一勤、陆孝栋等六位专任教师；六张桌子之外，室内已少余地。立民来时，只能坐在茶几旁的一张藤椅上，面对着我的左侧；和我谈天，虽然一正一斜，却近在咫尺。

那时当然没有空调，所以冬冷夏热，一切听天由命。可是立民高挑英挺的身材，总配上合身的光鲜衣着，加以英语道地，谈吐从容，一口男中低音略带喉腔的沙哑磁性，却似乎不太受天气的影响。我自己穿衣服远不如写文章讲究，对别人的衣饰更不留心，所以日后钟玲总怪我无视于她的新装，真是罪过。不过立民当年那一身出众而不随俗的穿着，益发彰显了文质彬彬，真有玉树临风之慨，则是我早就注意到的。

即使早在当年，立民的“美国经验”也已远深于我。不但他自己早在几个美国机构任职，连朱夫人也一直在美新处工作。可是立民的风度儒雅而稳健，谈吐深沉而悠缓，举止又不失端庄，所以给我的印象非但没有“洋鸡”（Yankee）沾沾自喜的滑利甚至肤浅，反倒近于英国的绅士作风。也就难怪，何以立民以研究美国文学开始，兴趣逐渐移向英国文学，而以研究莎士比亚为归。

也许正因为如此，我猜想，立民喜欢的女性节目主持人并非牙尖嘴利、熟极而流的一类，而是口齿清楚、节奏适度的一型。有一次跟他谈到这问题，他说他喜欢熊旅扬，稍待，又意味深长地笑道：She is my type of woman。这句话，回家后我向太太复述，后来又告诉一些朋友，引为趣谈。不料隔了几年，我向他重提此事，他淡淡莞尔，竟似忘了，倒令我有点扫兴。

立民长我八岁，这差距不上不下，加以两人并未熟到无话不讲，包括黄色笑话，所以彼此一直以“先生”相称。换了比我年轻有限的颜元叔、林耀福一辈，每次与我见面，就会另辟一隅，不但交换机密要闻，而且语多不庄。初识立民，他刚四十上下，风度翩翩，仪表动人，套用王尔德《理想丈夫》里的一句话，简直是“台北外文界第一位穿得体面的穷学者”。可以想见，女学生们对他仰慕的不会很少。果然有一次，系里的女助教兴奋地告诉我，朱老师昨天带她去哈尔滨。原来那是一家咖啡馆，立民常去光顾。这件事天真得可以，但在当年却似乎接近浪漫的边缘了，倒令“我们办公室”的假洋老夫子们心动了一阵。

后来我才发现，哈尔滨乃立民诞生的城市，怪不得他爱去那家咖啡馆。他原籍江苏，小学时代在哈尔滨和北平度过，但中学六年却在苏州，抗战胜利后更在京沪一带做过事。所以他的大陆背景兼有塞北江南，复以体态而书，可谓南人北相，而听口音，北方官话里却又泄露了一点吴侬风味，加上会说英语，又善穿衣，有时又令我幻觉他是上海才子。

2

壮年的朱立民确是如此，但那已是三十年前的回忆了。三十年来，我们的交往不疏不密，任其自然，称得上是其淡如水。我在《书斋·书灾》一文里，曾有一句说到六十年初的事：“有一本《美国文学的传统》（*The American Tradition in Literature*）下卷，原是从朱立民先生处借来，后来他料我毫无还意，绝望了，索性声明是送给我的，而且附赠了上卷。”这两卷一套诺顿版的巨著，迄今仍高踞我西子湾临海书房的架顶，悠久的记忆因赠书人永别而添上哀思。这部选集为立民所赠，可谓意义非凡，正因立民的学者生命始于美国文学研究，而日后他主持外文系所，在这方面更有倡导促进之功。他一生出版专书四册，最早的一册便是 1962 年联合书局精印的《美国文学，1607 —1860》。书出后他送了我一本，我就在《文星》月刊上发表了一篇书评，题为《评两本文学史》，另一本是黎烈文老师的《法国文学史》。我给朱著《美国文学》颇高的评价，对写坡的一章尤为赞赏，立民非常高兴。近阅“中央研究院”近代史研究所新出的《朱立民先生访问纪录》一书，发现立民自述此书，说曾经把稿子“请戴潮声替我看了一遍，润饰一下”。如此坦白自谦，实在可爱。

后来立民升任台大外文系教授并兼主任，聘我去兼课。有一次他问我，能否从师大转去台大专任。那时系主任完全当家做主，有意聘人，必能办到。但是我在师大，与同事、同学一向相处愉快，没有背弃之理，便婉谢了。

立民在台大外文系二十六年，人缘显然也很好，尤得学生爱戴。王文兴写作之初，立民颇加鼓励，对其《草原的盛夏》一文尤表赏识，令这位高足十分感激，并向我亲口述说。立民在台大主持外文系与文学院，前后达十一年之久，据我隔校旁观，道听途说，几乎没有人说他的不是。立民主政，慎于策划，勤于实施，作风稳健，如此长才在学者之中殊不易得，至少我自叹远远不及。自从朱公走后，好像是时代变了，风气改了，这种“文景之治”也就难再。

3

1974 年我离台赴港，去中文大学中文系任教，一去十年，和立民相见更稀。等到再回台湾，我又远在南部，除非无奈，也少去台北。不过，在我主持中山大学外文所那几年，亟须北部学者南下支援，正值立民钻研莎翁日深，发其“侠绅精神”，为解故人之困，竟不辞南北迢迢，更不计待遇区区，每周专程，来西子湾主持莎剧的研讨。这时的朱公无复当日朱郎的倜傥自赏了，深度眼镜的同心圆圈上加圈，男中低音的沙哑喉腔更低更沉，领带变得细如鞋带，但仍似不胜其拘束，偶尔还会突然扭颈噘嘴，作“推畸”（twitch）之状。至于壮年的乌亮茂发，也已分披成钝灰的二毛了。及至晚年，于披发之外，更任乱髭蔓生于颏间，虽然老而自在，看在我眼里，却不胜沧桑；却忘了，在立民眼里，我自己又斑鬓蓬松，落魄几许。不过立民老兴不浅，尽管心律要靠机器来调整，仍怀着满腔热忱，风尘仆仆，到处去开会或宣讲莎士比亚。

直到那一个寒冷的八月夜晚，余玉照的声音越过无情的换日线传来，告我以仲夏夜之噩梦。

我翻阅单德兴、李有成、张力合编的《朱立民先生访问纪录》，对着立民年轻时的照片发怔。站在文学院院长室外阳台上的那一帧，身影修颀，风神俊雅，右手虽然低垂，食指与中指之间却斜捻着一截香烟，另有一种逍遥不羁的帅气。为什么如此昂藏的英挺，要永远冷却而横陈了呢？几个月前，他还脚立着这片大地，头顶着日月星辰。

右手边第三个抽屉里，平放着对折的一方手帕，那是送殡的当天钟玲从丧礼上为我带回来的。每次拉开抽屉，我都会吃了一惊。七十功名尘与土，八千里路云和月：故人劳碌的一生，难道一折再折，就这么折进去了吗？

1996 年端午于西子湾

樵夫的烂柯

过去的时间有如冥钞，未来的时间有如空期支票，你只能使用手头的时间。

一月初去新加坡参加“国际华文文艺营”，见到萧乾先生。他感叹说，新加坡变得简直认不出来了，四十年前他路过的新加坡，哪有今天这么繁荣。

山中一日，世上千年。从大陆出来海外的人，个个都有此感。不免令人想起中国的传说：樵夫入山，见人据石对弈，从而观之，棋局未终，视手中斧，其柯已烂。要换一柄新斧，虽然不必千年，却也不止一日。所以西谚说：“时间即金钱。”

仔细想来，这说法大有问题。因为钱可以省下来，存起来，留待他日之用，还可以生利息。时间，却不能如此。我们不能把闲暇存在盒子里，到忙的时候才拿出来使用。钱，可以存在银行里。时间这种新鲜而又名贵的水果，却无冰箱可藏。及时而不吃，它就烂了。

神话里的力士鲁阳，和韩构交战，胜负未分而日将西沉。鲁阳举戈向天一挥，落日为之倒退，让双方继续交手。这是对时间威胁。李白则说："吾欲揽六龙，回车挂扶桑。北斗酌美酒，劝龙各一觞。"这是对时间贿赂。其实，时间这家伙顽固得不近人情，威迫和利诱都动不了的。

时间跟金钱还有一点不同：时间之来有一定的顺序，钱则不必。过去的时间有如冥钞，未来的时间有如定期支票，你只能使用手头的时间，因为只有"现在"才是现款。钱不但可以存，也可以借。时间则不可。你不能向自己的未来借时间，使忙碌的今天变成四十八小时，然后到明年少过一天；也不能对好朋友说："老兄反正没事，不如暂时退出时间，借我一个钟头，让我好赶飞机。下礼拜我闲了再还你。要利息？可以，我还你七十分钟好了。"

如果我们用时间可以不按次序，就太好了。我们不妨先过中年，再过少年，那样一来，许多愚蠢的事情就可以躲过了：也许就不必离婚，或者对父母会孝顺一点。如果能先过老年再过中年，也许会吃得少些，运动得多些，对职业的选择也聪明一些。看到许多豪杰之士晚境苍凉，我常想，人生为什么不倒过来呢？为什么没有一个国度，让我们出世的时候做老人，然后一生逐渐返老还童，到小得不能再小的时候，就一一白日升天而去，或者在摇篮里一一失踪？这样，悲观哲学将不流行。你会在糖果店里看见一群彼此有五十年交情的小朋友，取笑从前你戴氧气罩、我滴盐水针的情景。也许小朋友心机单纯，记不得那么久的往事，那也可以在似曾相识、人我两忘的混沌之中牵着手唱歌，唱五十年前的旧歌。

这一切当然都只是幻想。还是俗语说得好"寸金难买寸光阴"。能买的最多是一只瑞士名表。

——1985 年 3 月 3 日《联合副刊》

记忆像铁轨一样长

去吧，但愿你一路平安，桥都坚固，隧道都光明。

我的中学时代在四川的乡下度过。那时正当抗战，号称天府之国的四川，一寸铁轨也没有。不知道为什么，年幼的我，在千山万岭的重围之中，总爱对着外国地图，向往去远方游历，而且觉得最浪漫的旅行方式，便是坐火车。每次见到月历上有火车在旷野奔驰，曳着长烟，便心随烟飘，悠然神往，幻想自己正坐在那一排长窗的某一个窗口，无穷的风景为我展开，目的地呢，则远在千里外等我，最好是永不到达，好让我永不下车。那平行的双轨一路从天边疾射而来，像远方伸来的双手，要把我接去未知；不可久视，久视便受它催眠。

乡居的少年那么神往于火车，大概因为它雄伟而修长，轩昂的车头一声高啸，一节节的车厢铿铿跟进，那气派真是慑人。至于轮轨相激枕木相应的节奏，初则铿锵而慷慨，继则单调而催眠，也另有一番情韵。过桥时俯瞰深谷，真若下临无地，蹑虚而行，一颗心，也忐忐忑忑吊在半空。黑暗迎面撞来，当头罩下，一点准备也没有，那是过山洞。惊魂未定，两壁的回声轰动不绝，你已经愈陷愈深，冲进山岳的盲肠里去了。光明在山的那一头迎你，先是一片幽昧的微熹，迟疑不决，蓦地天光豁然开朗，黑洞把你吐回给白昼。这一连串的经验，从惊到喜，中间还带着不安和神秘，历时虽短而印象很深。

坐火车最早的记忆是在十岁。正是抗战第二年，母亲带我从上海乘船到安南，然后乘火车北上昆明。滇越铁路与富良江平行，依着横断山脉蹲踞的余势，江水滚滚向南，车轮铿铿向北。也不知越过多少桥，穿过多少山洞。我靠在窗口，看了几百里的桃花映水，真把人看得眼红、眼花。

入川之后，刚亢的铁轨只能在山外远远喊我了。一直要等胜利还都，进了金陵大学，才有京沪路上疾驶的快意。那是大一的暑假，随母亲回她的故乡武进，铁轨无尽，伸入江南温柔的水乡，柳丝弄晴，轻轻地抚着麦浪。可是半年后再坐京沪路的班车东去，却不再中途下车，而是直达上海。那是最哀伤的火车之旅了：红旗渡江的前夕，我们仓皇离京，还是母子同行，幸好儿子已经长大，能够照顾行李。车厢挤得像满满一盒火柴，可是乘客的四肢却无法像火柴那么排得平整，而是交肱叠股，摩肩错臂，互补着虚实。母亲还有座位。我呢，整个人只有一只脚半踩在茶几上，另一只则在半空，不是虚悬在空中，而是斜斜地半架半压在各色人等的各色肢体之间。这么维持着“势力均衡”，换腿当然不能，如厕更是妄想。到了上海，还要奋力夺窗而出，否则就会被新拥上车来的回程旅客夹在中间，挟回南京去了。

来台之后，与火车更有缘分。什么快车慢车、山线海线，都有缘在双轨之上领略，只是从前京沪路上的东西往返，这时变成了纵贯线上的南北来回。滚滚疾转的风火千轮上，现代哪吒的心情，有时是出发的兴奋，有时是回程的慵懒，有时是午晴的遐思，有时是夜雨的落寞。大玻璃窗招来豪阔的山水，远近的城村；窗外的光景不断，窗内的思绪不绝，真成了情景交融。尤其是在长途，终站尚远，两头都搭不上现实，这是你一切都被动的过渡时期，可以绝对自由地大想心事，任意识乱流。

饿了，买一盒便当充午餐，虽只一片排骨、几块酱瓜，但在快览风景的高速动感下，却显得特别可口。台中站到了，车头重重地喘一口气，颈挂零食拼盘的小贩一拥而上，太阳饼、凤梨酥的诱惑总难以拒绝。照例一盒盒买上车来，也不一定是为了有多美味，而是细嚼之余有一股甜津津的乡情，以及那许多年来。唉，从年轻时起，在这条线上进站、出站、过站，初旅、重游、挥别，重重叠叠的回忆。

最生动的回忆却不在这条线上，在阿里山和东海岸。拜阿里山神是在十二年前。朱红色的窄轨小火车在洪荒的岑寂里盘旋而上，忽进忽退，忽蠕蠕于悬崖，忽隐身于山洞，忽又引吭一呼，回声在峭壁间来回反弹。万绿丛中牵曳着一线媚红，连高古的山颜也板不起脸来了。

拜东岸的海神却近在三年以前，是和我存一同乘电气化火车从北回线南下。浩浩的太平洋啊，日月之所出，星斗之所生，毕竟不是海峡所能比，东望，是令人绝望的水蓝世界。起伏不休的咸波，在远方，摇撼着多少个港口多少只船，扪不到边，探不到底，海神的心事就连长锚千丈也难窥。一路上怪壁碍天，奇岩镇地，被千古的风浪蚀刻成最丑所以也最美的形貌，罗列在岸边如百里露天的艺廊，刀痕刚劲，一件件都凿着时间的签名，最能满足狂士的“石癖”。不仅岸边多石，海中也多岛。火车过时，一个个岛屿都不甘寂寞，跟它赛起跑来。毕竟都是海之囚，小的，不过跑三两分钟，大的，像龟山岛，也只能追逐十几分钟，就认输放弃了。

萨洛扬的小说里，有一个寂寞的野孩子，每逢火车越野而过，总是兴奋地在后面追赶。四十年前在四川的山国里，对着世界地图悠然出神的，也是那样寂寞的一个孩子，只是在他的门前，连火车也不经过。后来远去外国，越洋过海，坐的却常是飞机，而非火车。飞机虽可想成庄子的逍遥之游、列子的御风之旅，但是出没云间，游行虚碧，变化不多，机窗也太狭小，久之并不耐看。哪像火车的长途，催眠的节奏，多变的风景，从阔窗里看出去，又像在人间，又像驶出了世外。所以在境外旅行，凡铿铿的双轨能到之处，我总是站在月台——名副其实的“长亭”——上面，等那阳刚之美的火车轰轰隆隆其势不断地踹进站来，来载我去远方。

在美国的那几年，坐过好多次火车。在艾奥瓦城读书的那一年，常坐火车去芝加哥看刘鎏和孙璐。美国是汽车王国，火车并不考究。去芝加哥的老式火车颇有十九世纪遗风，坐起来实在不大舒服，但沿途的风景却看之不倦。尤其到了秋天，原野上有一股好闻的淡淡焦味，太阳把一切成熟的东西焙得更成熟，黄透的枫叶杂着赭尽的橡叶，一路艳烧到天边，谁见过那样美丽的火灾呢？过密西西比河，铁桥上敲起空旷的铿锵，桥影如网，张着抽象美的线条，倏忽已踹过好一片壮阔的烟波。等到暮色在窗，芝城的灯火迎面渐密，那黑人老车长就喉音重浊地喊出站名：Tanglewood！

有一次，从芝城坐火车回艾奥瓦城。正是圣诞假后，满车都是回校的学生，大半还背着、拎着行囊，更形拥挤。我和好几个美国学生挤在两节车厢之间，等于站在老火车轧轧交挣的关节之上，又冻又渴。饮水的纸杯在众人手上，从厕所一路传到我们跟前。更严重的问题是不能去厕所，因为连那里面也站满了人。火车原已误点，我们在呵气翳窗的芝城总站早已困立了三四个小时，偏偏隆冬的膀胱最容易注满。终于“满载而归”，一直熬到艾奥瓦大学的宿舍。一泻之余，顿觉身轻若仙，重心全失。

美国火车经常误点，真是恶名昭彰。我在美国下决心学开汽车，完全是给老爷火车激出来的。火车误点，或是半途停下来等到地老天荒，甚至为了说不清楚的深奥原因向后倒开，都是最不浪漫的事。几次耽误，我一怒之下，决定把方向盘握在自己手里，不问山长水远，都可即时命驾。执照一到手，便与火车分道扬镳，从此我骋我的高速路，它敲它的双铁轨。不过在高速路旁，偶见迤迤的列车同一方向疾行，那修长而魁伟的体魄，那稳重而剽悍的气派，尤其是在天高云远的西部，仍令我怦然心动。总忍不住要加速去追赶，兴奋得像西部片里马背上的大盗，直到把它追进了山洞。

1976 年去英国，周榆瑞带我和彭歌去剑桥一游。我们在维多利亚车站的月台上候车，匆匆来往的人群，使人想起那许多著名小说里的角色，在这“生之旋涡”里卷进又卷出的神色与心情。火车出城了，一路开得不快，看不尽人家后院晒着的衣裳，和红砖翠篱之间明艳而动人的园艺。那年西欧大旱，耐干的玫瑰却恣肆着娇红。不过是 8 月底，英国给我的感觉却是过了成熟焦点的晚秋，尽管是迟暮了，仍不失为美人。到剑桥飘起霏霏的细雨，更为那一幢幢俨整雅洁的中世纪学院平添了一分迷蒙的柔美。经过人文传统日琢月磨的景物，毕竟多一种沉潜的秀逸气韵，不是铝光闪闪的新厦可比。在空幻的雨气里，我们撑着黑伞，踱过剑河上的石洞拱桥，心底回旋的是弥尔顿牧歌中的抑扬名句，不是硖石才子的江南乡音。红砖与翠藤可以为证，半部英国文学史不过是这河水的回声。雨气终于浓成暮色，我们才挥别了灯暖如橘的剑桥小站。往往，大旅途里最具风味的，是这种一日来回的“便游”（side trip）。

两年后我去瑞典开会，回程顺便一游丹麦与西德，特意把斯德哥尔摩到哥本哈根的机票，换成黄底绿字的美丽火车票。这一程如果在云上直飞，一小时便到了，但是在铁轨上轮转，从上午八点半到下午四点半，却足足走了八个小时。云上之旅海天一色，美得未免抽象。风火轮上八小时的滚滚滑行，却带我深入瑞典南部的四省，越过青青的麦田和黄艳艳的芥菜花田，攀过银桦蔽天杉柏密矗的山地，渡过北欧之喉的厄勒海峡，在香熟的夕照里驶入丹麦。瑞典是森林王国，火车上凡是门窗几椅之类都用木制，给人的感觉温厚而可亲。车上供应的午餐是烘面包夹鲜虾仁，灌以甘洌的嘉士伯啤酒，最合我的胃口。瑞典南端和丹麦北部这一带，陆上多湖，海中多岛，我在诗里曾说这地区是“屠龙英雄的泽国，佯狂王子的故乡”，想象中不知有多阴郁、多神秘。其实那时候正是春夏之交，纬度高远的北欧日长夜短，柔蓝的海峡上，迟暮的天色久久不肯落幕。我在延长的黄昏里独游哥本哈根的夜市，向人鱼之港的灯影花香里，寻找疑真疑幻的传说。

西德之旅，从杜塞尔多夫到科隆的一程，我也改乘火车。德国的车厢跟瑞典的相似，也是一边是狭长的过道，另一边是方形的隔间，装饰古拙而亲切，令人想起旧世界的电影。乘客稀少，由我独占一间，皮箱和提袋任意堆在长椅上。银灰与橘红相映的火车沿莱茵河南下，正自纵览河景，查票员说科隆到了。刚要把行李提上走廊，猛一转身，忽然瞥见蜂房蚁穴的街屋之上峻然拔起两座黑黝黝的尖峰，瞬间的感觉，极其突兀而可惊。定下神来，火车已经驶近那一双怪物，峭险的尖塔下原来还整齐地绕着许多小塔，锋芒逼人，拱卫成一派森严的气象，那么崇高而神秘，中世纪哥特式的肃然神貌耸在半空，无闻于下界琐细的市声。原来是科隆的大教堂，在莱茵河畔顶天立地已七百多岁。火车在转弯。不知道是否因为车身微侧，竟感觉那一对巨塔也峨然倾刹，令人吃惊。不知飞机回降时成何景象，至少火车进城的这一幕十分壮观。

三年前去里昂参加国际笔会的年会，从巴黎到里昂，当然是乘火车，为了深入法国东部的田园诗里，看各色的牛群，或黄或黑，或白底而花斑，嚼不尽草原上缓坡上远连天涯的芳草萋萋。陌生的城镇，点名一般地换着站牌。小村更一现即逝，总有白杨或青枫排列于乡道，掩映着粉墙红顶的村舍，衬以教堂的细瘦尖塔，那么秀气地指着远天。西斯莱、毕沙罗，在初秋的风里吹弄着牧笛吗？那年法国刚通了东南线的电气快车，叫作“Le TGV”（Train à Grande Vitesse），时速三百八十千米，在报上大事宣扬。回程时，法国笔会招待我们坐上这娇红的电鳗；由于座位是前后相对，我一路竟倒骑着长鳗进入巴黎。在车上也不觉得怎么“风驰电掣”，颇感不过如此，今年初夏和纪刚、王蓝、健昭、杨牧一行，从东京坐子弹车射去京都，也只觉其“稳健”而已。车到半途，天色渐昧，正吃着鳗鱼佐饭的日本便当，吞着苦涩的札幌啤酒，车厢里忽然起了骚动，惊叹不绝。在邻客的探首指点之下，讶见富士山的雪顶白矗晚空，明知其为真实，却影影绰绰，像一片可怪的幻象。车行极快，不到三五分钟，那一影淡白早已被近丘所遮。那样快的变动，敢说浮世绘的画师，戴笠挎剑的武士，都不曾见过。

台湾中南部的大学常请台北的教授前往兼课，许多朋友不免每星期南下台中、台南或高雄。从前龚定盦奔波于北京与杭州之间，柳亚子说他“北驾南舣到白头”。这些朋友在岛上南北奔波，看样子也会奔到白头，不过如今是在双轨之上，不是驾马舣舟。我常笑他们是演《双城记》，其实近十年来，自己在台北与香港之间，何尝不是如此？在台北，三十年来我一直以厦门街为家。现在的汀州路二十年前是一条窄轨铁路，小火车可通新店。当时年少，我曾在夜里踏着轨旁的碎石，鞋声轧轧地走回家去，有时索性走在轨道上，把枕木踩成一把平放的长梯。时常在冬日的深宵，诗写到一半，正独对天地之悠悠，寒战的汽笛声会一路沿着小巷呜呜传来，凄清之中有其温婉，好像在说：“全台北都睡了，我也要回站去了，你，还要独撑这倾斜的世界吗？”“夜半钟声到客船”，那是张继。而我，总还有一声汽笛。

在香港，我的楼下是山，山下正是九广铁路的中途。从黎明到深夜，在阳台下滚滚碾过的客车、货车，至少有一百班。初来的时候，几乎每次听见车过，都不禁要想起铁轨另一头的那一片土地，简直像十指连心。十年下来，那样的节拍也已听惯，早成大寂静里的背景音乐，与山风海潮合成浑然一片的天籁了。那轮轨交磨的声音，远时哀沉，近时壮烈，清晨将我唤醒，深宵把我摇睡，已经潜入了我的脉搏，与我的呼吸相通。将来我回去台湾，最不惯的恐怕就是少了这金属的节奏，那就是真正的寂寞了。也许应该把它录下音来，用最敏感的机器，以备他日怀旧之需。附近有一条铁路，就似乎把住了人间的动脉，总是有情的。

香港的火车电气化之后，大家坐在冷静如冰箱的车厢里，忽然又怀起古来，隐隐觉得从前的黑头老火车，曳着煤烟而且重重叹气的那种，古拙刚愎之中仍不失可亲的味道。在从前那种车上，总有小贩穿梭于过道，叫卖斋食与“凤爪”，更少不了的是报贩。普通票的车厢里，不分三教九流，男女老幼，都杂杂沓沓地坐在一起，有的默默看报，有的怔怔望海，有的瞌睡，有的啃鸡爪，有的闲闲地聊天，有的激昂慷慨地痛论国是，但旁边的主妇并不理会，只顾得呵斥自己的孩子，如果你要香港社会的样品，这里便是。周末的加班车上，更多广州返来的回乡客，一根扁担，就挑尽了大包小笼。此情此景，总令我想起杜米埃（Honore Daumier）的名画《三等车上》。只可惜香港没有产生自己的杜米埃，而电气化后的明净车厢里，从前那些汗气、土气的乘客，似乎一下子都不见了，小贩子们也绝迹于月台。我深深怀念那个摩肩抵肘的时代，站在今日画了黄线的整洁月台上，总觉得少了一点什么，直到记起了从前那一声汽笛长啸。

写火车的诗很多，我自己都写过不少。我甚至译过好几首这样的诗，却最喜欢土耳其诗人塔朗吉（Cahit Sitki Taranci）的这首：

去什么地方呢，这么晚了，
美丽的火车，孤独的火车？

凄苦是你汽笛的声音，
令人记起了许多事情。

为什么我不该挥舞手巾呢？
乘客多少都跟我有亲。
去吧，但愿你一路平安，
桥都坚固，隧道都光明。

1984 年 5 月 7 日